es 1995
edition suhrkamp
Neue Folge Band 995

Theater ist das Letzte, meint Franzobel in Anlehnung an Thomas Bernhard. Für den Sinn- und Sprachspieler aber kein Hindernis, sich auf die Gattung einzulassen und für die Wiener Festwochen 1996 zwei Stücke zu schreiben.

Das Beuschelgeflecht: Schon der Titel riecht nach Österreich und seinen unverdauten Komplexen. Anstelle stereotyper Beschimpfungen nähert sich das Stück der Tausendjahrfeier mit fulminantem Rhythmus und viel Humor. Die Gesellschaftssatire thematisiert nicht nur das Land der Knödel- und Mehlspeisentiger, sondern auch das »Beziehungs- und Problemgulasch« menschlicher Existenz.

Bibapoh dagegen ist die Überarbeitung eines Librettos einer Mozart-Oper und steht somit zwinkernd in der Tradition des Wiener Volksstücks. Unter der Oberfläche einer märchenhaften Handlung macht Franzobel komische wie hintersinnige Beobachtungen zu Treue, Selbst- und Fremdbestimmung. Ein bemerkenswerter Versuch, die verkitschte Tradition wieder nutzbar zu machen.

Franzobel, geboren 1967 in Vöcklabruck. Bis 1991 arbeitete er als bildender Künstler, seitdem ist Franzobel Autor und lebt in Wien. Im Suhrkamp Verlag erschien von ihm zuletzt die Erzählung *Die Krautflut* (es 1987), für die er den Ingeborg-Bachmann-Preis 1995 erhielt.

Foto: Maria Ziegelböck

Franzobel
Das Beuschelgeflecht
Bibapoh. Mozarts Il re pastore folgend.

Zwei Stücke

Suhrkamp

Bilder von Carla Degenhardt
»Serie bestickter österreichischer Geldscheine.
2 Details«

edition suhrkamp 1995
Neue Folge Band 995
Erste Auflage 1996

Satz: Hümmer, Waldbüttelbrunn
Druck: Nomos Verlagsgesellschaft, Baden-Baden
Umschlagentwurf: Willy Fleckhaus
Printed in Germany.

1 2 3 4 5 6 – 01 00 99 98 97 96

Das Beuschelgeflecht

Menschen, Menschen san mer alle –
ist keine Entschuldigung,
sondern eine Anmaßung.

Karl Kraus

Personen

FRAU STENZ, Beatrix, Gastgeberin, Geschäftsfrau, ca. 35, sehr stark geschminkt, schwarzhaarig.
HERR STENZ, Karl, Gastgeber, Tierpräparator, ca. 40.
FRAU SPREIZMOSER, Angelika, Hausfrau, ca. 30, sehr attraktiv, blond.
HERR SPREIZMOSER, Raoul, Historiker, ca. 50.
FRAU BALZ, Miriam, Sekretärin in der Praxis ihres Mannes, ca. 40, etwas korpulent.
HERR BALZ, Franz, Zahnarzt, sehr korpulent, ca. 40.
FRAU DUMSWOHL, Felicitas, Lehrerin, ca. 35, hager, brünetter Zopf.
HERR DUMSWOHL, Egon, gescheiterter Künstler, Gelegenheits-Geschäftemacher, ca. 35, hager.
ROSA, Alter egal, stumm.

Kleidung

Abendgarderorbe gegenwärtiger Mode. Wie sich die Schauspieler zu einem Abendessen bei Bekannten anziehen.

Bühne

Mit möglichst wenig Mitteln ist das Eßzimmer einer Bürgerfamilie dargestellt. Die Bühne ist nach hinten offen. Im Zentrum ein gedeckter Tisch mit 10 Stühlen, wovon 2 Rückseiten zum Publikum gewandt sind.

Über dem Tisch hängt ein üppiger Luster. Zusätzliches Mobiliar kann vereinzelt, dann aber überzeichnet, eingesetzt werden.

Grundsätzliche Regieanweisung

Die Pointen sind zu überspielen, d.h., die obligaten Pausen nach z.B. Witzen sind aufs äußerste zu minimieren, bzw., was zwei, drei Male geschehen kann, über den Normalwert hinaus zu verlängern. Dann muß absolute Stille herrschen, die Situation ist kurz eingefroren, bis das Lachen des Witzerzählers, das Husten oder Räuspern einer anderen Figur einsetzt. Um die jeweils nicht in den Dialog verwickelten Schauspieler zu beschäftigen, stehen folgende Möglichkeiten bereit: Herr Stenz beschäftigt sich mit seiner Brille, Herr Spreizmoser mit seinem Hörapparat, Herr Balz ißt am Tisch stehende Soletti o.ä., Herr Dumswohl starrt ins Leere, Frau Spreizmoser und Frau Stenz schminken oder frisieren sich, Frau Dumswohl faltet kleine Kunstwerke aus Servietten, Frau Balz trinkt bzw. ist damit beschäftigt, halbvollen Gläsern nachzuschenken. Außerdem können sich alle mit Zigarette, Feuerzeug, dem Aufziehen ihrer Uhren, Schneuzen, Nasenbohren, Gewand-glatt-Streichen o.ä. beschäftigen. Vereinzelt können manische Bewegungen wie Kopfschütteln, Kopf-schief-Halten, Fingertrommeln, Luftzufächern o.ä. eingesetzt werden. Keiner dieser Tätigkeiten ist besondere Bedeutung beizumessen. Die Ohrfeigen der Frau Dumswohl sollen so umgesetzt werden, daß jeweils ein anderer Schauspieler offensichtlich in die Hände klatscht. Zwei-

mal kann eine ›Stille Post‹ den Tisch durchlaufen. Einmal erzeugt die geflüsterte Botschaft von Person zu Person ein Lachen, auf das Frau Stenz (als letzte) mit einer Ohrfeige an Herrn Dumswohl reagiert. Beim zweiten Mal pflanzt sich ein ernstes Gesicht fort, auf das dann Herr Stenz (als letzter) mit einem Lachen reagiert.

Situation

Abgang Wohnzimmer, Straßenblick — Abgang Küche, Toilette

Luster

Stuhl 2 3 4 5 6 7

Tisch

Stuhl 1 — Stuhl 8

Stuhl 9 — Stuhl 10

I

Der Vorhang ist noch geschlossen.

FRAU STENZ Rosa, wo bleiben Sie?

HERR DUMSWOHL Ob wir schon anfangen dürfen?

FRAU STENZ Rosa, was ist jetzt?

FRAU SPREIZMOSER Und Sie meinen, wir sollen anfangen tun?

HERR BALZ Also noch länger warte ich nicht, wirklich.

HERR STENZ Aber sicher fangen wir jetzt an.

FRAU STENZ Rosa, wird es jetzt endlich. Wir wollen doch anfangen.

FRAU SPREIZMOSER Und Sie meinen wirklich, wir sollen schon tun.

HERR BALZ Also wirklich, noch länger warte ich nicht. Noch länger will ich nicht warten. Alles, was recht ist, also.

HERR STENZ Recht so. Jetzt beginnen wir.

II

Der Vorhang geht auf. Auf Stuhl 1 bis 8 sitzen der Reihe nach: Herr Stenz, Frau Spreizmoser, Herr Spreizmoser, Frau Balz, Herr Balz, Frau Dumswohl, Herr Dumswohl, Frau Stenz. Rosa teilt Suppe aus, links beginnend.

FRAU SPREIZMOSER Und wir dürfen wirklich, meinen Sie, schon anfangen bereits?

HERR STENZ Aber sicher.

HERR BALZ Etepatete. Natürlich dürfen wir. Die Wurmbrands kommen doch immer viel zu spät. Immer Fisimatenten, Girigari. Immer kommen die zu spät.

FRAU BALZ Na na, meistens kommen wir verzögert. Ich als Maria-Theresia-Typ. Du mit deinem internationalen Watschengesicht.

HERR BALZ Aber! Ich komme nie, nie komme ich zu spät. Verstehst? Wann wer indisponiert ist, bist es du.

HERR SPREIZMOSER Die Holdinggesellschaft Damenwelt braucht zur Ebenmäßigkeit eben de facto ihre Zeit.

HERR STENZ Klar wie Gloria.

HERR DUMSWOHL Also ich kann mich nicht, beim besten Willen nicht, kann ich mich erinnern, daß die Wurmbrands jemals, ich sage jemals, denn Erinnern passiert in Vorurteilen, und mein Gedächtnis ist vorzüglich, Denken ebenso, zu spät gekommen wären. Die Wurmbrands nie.

FRAU DUMSWOHL *gibt ihrem Mann eine Ohrfeige:* Egon, du-du, du und dei-deine Pau-Pauschalierungen. I-Immer wei-eißt du-du a-alles besser. Du-du Versa-sa-sa, Obergescheiter.

Kurze Pause, betretenes Schweigen.

FRAU STENZ Jetzt wird nicht elegant gestritten und auf nichts herumgeritten, Dumping, jetzt wird gegessen.

HERR BALZ *als einziger bereits seine Suppe löffelnd:* Eben, genau mein Spruch. Wer bin i und wer war i. Beim gemütlich etwas zu Gemüte führen darf man sich durch nichts verschüchtern lassen. Gschistigschasti.

FRAU BALZ Eiapopeia. Du und dein Nahrungstransit. Ich wollte, du wärst auch sonst so *Pause* verkehrsbetont.

Frau Stenz lacht.

FRAU BALZ Dein Datenhighway ist cholesterinverstopft, alles andere ausgeschieden. Siehst du denn nicht, daß wir noch gar nicht angefangen haben.

FRAU SPREIZMOSER Meinen Sie wirklich, wir dürfen schon soupieren?

HERR BALZ Wenn ich am Gustieren bin, hält mich kein Ungustl zurück. Mahlzeit.

HERR SPREIZMOSER Bon appetit.

ALLE Mahlzeit

Rosa ab.

HERR BALZ *mit vollem Mund:* Das ist kommod, das braucht der Flattinger. Der Mensch, der nichts vertragen kann, sage ich immer, so ein zwirnblader, was soll denn der zusammenbringen? Ich, Franz Balz, kein Negerant, verlustiere für und für mein Leben gern.

FRAU BALZ Man siehts.

HERR STENZ *singt:* Eine Keule war samt Bier / auf den Speisetisch geflogen / und ich esse für und für / von dem Angeflognen / Keule, wundersames Bier.

HERR SPREIZMOSER Der Kavalier genießt und schweigt, oktroyiert nicht sein Plateau und outriert sich zum Plafond.

FRAU STENZ Das haben Sie schön gesagt.

HERR BALZ *mit vollem Mund:* Erst das Schlemmen hebt den Menschen, Newton hin und her, über die Hypotrophie, die nervösen Beriberi-Neger. Was heißt da Denken, Lachen, Ironie? Das Essen ists und das ist grandios.

HERR SPREIZMOSER Daß visavis die Wurmbrandsche Nonchalance noch immer nicht, nicht daß ich deshalb die Contenance verliere, aber sie sind doch sonst partout präzise, nicht? Etwas ist faul im Staate Dänemark.

HERR BALZ No na. Verplempern werdn sie sich, verpempern. Andererseits kann man nicht ewig warten. Soviel Zeit haben wir nicht. Kalt werden ist wie Tod.

Alle essen.

HERR STENZ *leise:* Und Ihnen, schmeckt es Ihnen auch, Frau Spreizmoser? Das ist Borschtsch, eine Steeplechase-Spezialität, echter russischer Borschtsch, hausgemacht.

FRAU BALZ Was für ein Käse?

HERR BALZ Und anbrennen ist auch wie Tod, aber ungeboren.

FRAU SPREIZMOSER Ich mag die Russen nicht leiden, nein.

HERR STENZ Die Russen leiden oder nicht, das ist leidig und als Thema totes Rennen. Nicht? Aber ihre Suppe, die ist ein Halali. *Streicht ihr leicht die Schulter.* Denn sehen Sie, man darf das nicht gleich gleichsetzen. Kopf an Kopf. Da die Russen, ihre Suppe dort.

FRAU SPREIZMOSER Nachdem es stimmt, daß man, was man ißt, ist, ist doch auch das Was so wie der Wer. Wie?

FRAU BALZ Der Was?

HERR STENZ Ich mag die Schwarzen, aber Kegelbahn und Neger sein? Zum Handkuß kommen mag ich nicht.

FRAU SPREIZMOSER Ich mag die Politik nicht, die Neger auch nicht, die sind so unheimlich unheimlich unheimlich.

HERR BALZ Kaltwerden ist wie Klimakterium, aber stehen lassen ist wie nicht beerdigt sein.

HERR STENZ Besser. Küß die Hand. Mit ihren angeblich langen Angeblichkeiten, die Aschanti. Und Ohrläppchen zum Schlüsselbein. Ich verstehe Sie. Verehrung. Tausend Reifen kugelschreiberfedern um die Gogel-Hälse, durch die Lippen Elfenbein, krauses Dattel-Haar, Marathon-Visagen, Hulahulahula-Tänze. Hups. Was ist das gegen einen strammen, aufrichtig weißen Altausseer?

FRAU BALZ Also weiß, weiß Gott, weiß ist meiner auch, aber stramm? Einmal im Monat, wenn es hoch kommt hoch.

FRAU STENZ Gestanden?

FRAU SPREIZMOSER Ich kann die Russen nicht, nur den Sachárin, den mag ich.

HERR SPREIZMOSER So kann man das en canaille nicht sagen, nicht. Erstens sind die Russen ein poetisch Volk, voila, in denen logiert der Kasatschok ganz komfortabel, und dieses Departement an Feuer, dann verdanken wir ihnen noch und noch. Die Moskauer Petition par exemple, den Kaviar samt allem Rustikalen. Die Rush-hour ebenso wie die abstrakte Kunst, den Roman schlechthin, natürlich Sauce Tatar, den Balkankrieg, Heringspurzelbaum ebenso wie den Gulag.

FRAU SPREIZMOSER Den Gulasch?

HERR BALZ Gehns, die trinken Spiritus, die Armutschkerl, und essen tun die. Na, was essen die? Was?

FRAU BALZ Rote Rüben-Suppe, rote.

HERR BALZ Gesindel.

HERR DUMSWOHL Und ihre Folter erst. Da stelle ich mir Miasmen an der kandierten Oberfläche vor. Noch im 18. Jahrhundert waren die versulzter als ein Kokser, bei dem das einzig Stabile im Gesicht die Silberplatte in der Nase ist. Alles andere oszilliert. Menschen die Zähne auszureißen war Zarenfreizeitbeschäftigung, Autodrom, welche Maibaum in den Hintern pfählen, Hirtenspieß, oder mit dem Kopf am Boden anzuharzen, Todesschaukel, daß sie fielen, wenn sie sich zimperlich skalpierten. Tatarenvolksverfestigung. Oder bei lebendigem Leib, 37gradiger Körperwärme, bis auf den Kopf die Feinde eingegraben, Langosch, das Haar dann mit Petroleum, angezündet, darauf Earl Grey gekocht, oder in Spinnennester, Ameisenhaufen, daß die Geisterbahn das Fleisch herunterfraßen. So eine Wunde saftet stark.

FRAU DUMSWOHL *gibt ihm wieder eine Ohrfeige:* E-Egon, verdirb hi-hier nicht den A, den A, den Hunger.

HERR BALZ Ich, Frau Dumswohl, keine Sorge, lasse mir den Gusto nicht blockieren, nicht von solchem Gesindel, nicht von einem Gogerlfraß.

HERR SPREIZMOSER Noch die Nemesis Theresiana enthielt Verbrennen, Vierteilen, Rädern, und die Amis sind nicht besser.

HERR BALZ Popcorn-Kultur. Hot dogs, Todesstrafen, letscherte Laberl, der gleiche Batz.

FRAU STENZ Schmeckt's?

ALLE Vorzüglich.

HERR BALZ Ausgezeichnet. Ganz ausgezeichnet. Wenn auch mir nichts dir nichts etwas gach bemessen. *Knöpft sich die Hose auf.*

FRAU STENZ *klatscht in die Hände:* Rosa. Noch Suppe, Rosa.

HERR BALZ Sehr aufmerksam. Es gibt doch nichts Stimulierenderes, nichts, *schnalzt mit der Zunge*, als sich richtig verpflegt zu fühlen.

FRAU BALZ Subventioniert.

FRAU STENZ Richtig.

Frau Balz Da werden mir bei dir auch nicht die Ohren heiß.

Herr Spreizmoser Aber daß die Wurmbrandsche Kamarilla noch immer nicht, nicht daß es mich superb beunruhigt, aber etwas Inkommensurabeles hat es doch.

Frau Spreizmoser Wir hätten noch gar nicht anfangen dürfen.

Herr Balz Gurkenhachel. Eine Unverschämtheit das.

Frau Spreizmoser Das werden sie selbst auch denken, für sich.

Frau Balz Also ich, necessaire, wenn ich ehrlich bin, mir fehlen sie nicht. Dir, Frau Stenz? Er immer mit seiner Politik. Sakrament. Dir vielleicht, Frau Dumswohl? Und sie mit ihrem Waschweibklatsch. Dir, Frau Spreizmoser? Rhabarber Rhabarber. Ist doch so.

Frau Stenz Und ihn hätte ich einmal treffen sollen.

Herr Stenz Du?

Frau Stenz Ja, wir waren ausgemacht, und hatten flott ein Rendezvous. Und ich weiß nicht mehr weshalb, wozu.

Herr Stenz Schau einer an. Und dann?

Frau Stenz Jedenfalls saß ich da im sündteuren Etablissement, und er kam nicht und kam nicht. Und ich hatte mir die Beine depiliert. Und er wollte mich einladen, und kam nicht und kam nicht. Und ich hatte mir die Nägel manikürt. Und ich tat sogar den Kellnern leid. Die Hornhaut sogar entfernt. Und die lachten vermutlich, dachten, ich hätte mit dem Placido ein Rendezvous. War mein Rouge zu rot? Und was macht man da? Eß ich eine Kleinigkeit. Der Lippenstift geschirrspülern verschmiert. Und er kam nicht und kam nicht. Und ich extra im Wonderbra. Und als ich schon gehen will, steht er plötzlich, plötzlich steht er da, der Wurmbrand, und meint lediglich, er hätte die Straße nicht mehr gewußt. Die Straße nicht mehr gewußt?

HERR STENZ Die Straße nicht mehr gewußt. Schau einer an. Und dann?

FRAU STENZ Rosa. *Klatscht*. Die Suppe, Rosa.

FRAU SPREIZMOSER Ist Ihr Mädchen schlecht-hörig?

HERR STENZ Es wird immer unerhörter, anständige Angestellte aufzustellen. *Leise*: Aber unter uns, Küß die Hand, die stellt sich eigentlich nur an. Disqualifiziert. Aus Recherchen weiß ich Zwischenzeit, hört nicht nur, spricht auch wie ein olympisches Dorf, ein Konkubinat.

FRAU SPREIZMOSER Ein was?

HERR STENZ Ein Mädchenpensionat.

HERR BALZ Lady Bar, Nudelfriedhof, Brummfutstättenbrut.

HERR SPREIZMOSER Die stummen Tauben, was ihr Kuriosum ist, hören zwar das Timbre nicht, das Ephemere ebensowenig wie den Exodus, und doch, anhand der Resonanz, begreifen sie und arrangieren. Verstehen alles.

FRAU BALZ Wie die Kultur- und Medien-Kuratel. Cisleithanien, Transleithanien. Verstellen alles. Sehen bloß den kleinen Finger, hoppala, und vermuten kurzerhand den Nazigruß, Holterdipolter und Willendorf-Wallküren, uns solcherart die Nerven zu strapazieren.

FRAU DUMSWOHL Da da sa-agt ma-al ei-einer Sozial-al-schma-arotz-rotzer u-und Au-ausländer rau-aus. A-Aber mä-ßig eil Sieg heilt ja nicht. Schon muß er Nazi sein.

HERR DUMSWOHL Nicht, nein, das Gekrähe, ich kann, ich will es nicht mehr hören. Alles infiltriert. Dieser Krieg samt Nazis, die Juden, Hitler, und immer wieder dieser gottverdammte Krieg und die gottverdammten Nazis, die gottverdammten Juden, dieser Operettenkrieg. Das haben doch im Plural die Freimaurer lanciert. Aber nicht mit mir.

Frau Dumswohl gibt ihm eine Ohrfeige.

HERR DUMSWOHL *mechanisch:* Dankeschön.

Ein Telephon klingelt, alle schauen irritiert, bis Herr Stenz ein Handy hervorholt. Sein folgendes Gespräch ist im übertragenen Sinn eine Art Begrüßungsansprache. Die Dialoge gehen aber parallel dazu weiter. Nicht am Dialog beteiligte Figuren können wechselnd dem Telephongespräch oder dem Dialog zuhören.

HERR STENZ *Telephonmonolog:* Nein, ja, ja hier Karl Stenz, nein, nein, ich rate nicht. Wer spricht? Ja, ja, Sie stören. Nein, nein, ich kenne Sie nicht. Wir haben Gäste, hören Sie, ja, ja, Sie stören. Wer? Wer spricht? Nein, nein, ich rate nicht. Ich kenne Ihre Stimme nicht. Ach du bists. Na, hör einmal, hörst du nicht. Ja, ja, wir haben Gäste. Wer? Der Balz samt Frau. Ja, ja, der Zahnarzt, genau. Nein, nein, ist er nicht, nicht daß man es merken würde, wirklich, nein, nein, er ist so dick wie immer. Sie? Na, hör einmal. Nein. Nein, sicher nicht. Wer? Wer noch? Die Angelika, dem Spreizmoser seine Frau, ja, ja, hinreißend wie immer. Was? Weiß ich nicht. Nein. Nein, habe ich noch nicht gefragt. Aber ich denke schon, sicher macht er noch Führungen. Was? Ja. Ja. Das sage ich ja die ganze Zeit. Nein, nein, das ist noch nicht alles, die Dumswohls sind noch da, ja die Lehrerin, der Künstler. Was? Was, wieso die auch? Na, hör einmal. Was? Ach so. Ja. Nein. Hat er nichts gesagt. Was? Davon weiß ich ja noch nichts. Aha. Ja. Ja, sie stottert. Kennst du sie? Was. Nur so. Ja. Ja genau. Was? Nein. Ja, die Wurmbrands kommen noch. Was? Was, wieso die auch? Na, hör einmal. Weiß ich doch. Ja, dem seine Werkstatt geht gut. Nein. Ja, die fehlen noch. Was? Ja, ja, ja. Nein. Nur Ehepaare haben wir gesagt. Nein, nein, keinen besonderen Grund. Ja. Ja. Was? Natürlich kenn ich die. Die Stubnvoll Jaqueline, aber sicher. Was? Den? So lange schon? Ja. Den Max? Schweig. Natürlich kenn ich ihn. Die macht ihrem Namen ganz schön Ehre. Hör einmal. Fünf Kinder schon. Ausgerechnet mit dem Max, dem Schweig Max. Ja. Nein. Nächste Woche? Du, ich muß jetzt. Was? Ja. Ja. Vielleicht. Du, machs gut. Grüß dich, Georg. Was? Ja. Ja. Nein. Ich ruf dich an. Sicher. Nein, nein, ich vergesse nicht. Ja. Aber sicher. Was? Ja. Ja. Nein. Also dann. Servus, Georg. Servus. *Das Gespräch soll bis zum Zeitpunkt dauern, wo sich Herr Stenz eine Zigarette anzündet. Das Abschiedszeremoniell (Verabschieden und Weitersprechen) kann nach Belieben verlängert werden.*

HERR DUMSWOHL Da hören Sie es. Ich. Ich bin allein auf weiter Gegenwart, ich, ich bin der letzte meiner Stunde. Ich, ich bin ein Berliner, die Christel von ich kam, ich sah, ich siegte, ein freier Mann bin ich und singe.

FRAU DUMSWOHL *gibt ihm eine Ohrfeige:* Still bist du.

HERR DUMSWOHL Ich danke schön. Ich bin so wild nach deinem Erdbeermund, ich denke, also bin ich ich, ich bin von Kopf bis Fuß auf mich nur eingestellt, ich habe das meinige getan, ich habe mein Mich geschlachtet, ich habs gewagt, mich, ich klage an, ich tanze in den Himmel, ich, ich liebe dir, ich liebe dich.

FRAU DUMSWOHL *gibt ihm eine Ohrfeige:* Ruhe jetzt.

HERR DUMSWOHL Ich danke schön. Ich weiß nicht, was soll es bedeuten. Du? Ich werde die Welt aus den Fürwörtern heben, ich wasche meine Hände singular, ich wittere Grammatik, ich, ich weiß, es wird einmal ein Wir geschehen.

FRAU DUMSWOHL *gibt ihm eine Ohrfeige:* Hörst du schlecht?

HERR DUMSWOHL Ich danke schön.

Rosa kommt.

FRAU STENZ Und? Wer will noch eine Suppentranche.

HERR BALZ *aufzeigend:* Hier.

FRAU STENZ Sonst noch?

Alle schütteln den Kopf. Durcheinander: Ich würde ja wirklich gern, man soll ja nicht, danke nein, ...

HERR DUMSWOHL *zu Frau Stenz:* Ich. Ich darf ja nicht, zwar tät ich gerne, doch wissen Sie, ich habe mein Zipperlein.

FRAU STENZ Wo fehlt es Ihnen tendenziell? Und was? Am Zappedäus, nein?

HERR DUMSWOHL Sie wissen es?

FRAU STENZ Im Gegenteil.

HERR DUMSWOHL Ja wissen Sie, ein Tumor mampft sich voll in mir, Impetigo, wird täglich größer, setzt sich an. Ich aber gehe, gehe ein wie Blumenstock, und er hält Festland sich in mir für die Symbiose. Ich, der Wirt, verschimmle innerlich, bin annexiert und mein Besatzer prellt die Zech. Ich, Sie verstehen, vermodere. Sie behalten das für sich?

FRAU STENZ Gesundheitslattenrost, natürlich doch.

HERR DUMSWOHL Ich habe, ganz unter uns, zum Leben nicht mehr viel zum Lachen. Was mir bleibt, ist schäbige Gewißheit, meine Kunst, die keiner will. *Für sich:* Pflanzereien und Prothesen aufzubinden, Hypochondrien fortzupflanzen, Krücken, Mitleid zu erregen, daß es da dagegen keine Prophylaxe gibt. Jeder klaubt sich raus und glaubt dann, was er will.

FRAU STENZ Und das ist spannleintüchern wirklich wahr?

HERR DUMSWOHL Wie Warzenbrust.

FRAU STENZ Und sonst haben Sie keine Federkernmatratzen-Freuden mehr? *Macht ihm schöne Augen.*

HERR DUMSWOHL Wünsche schon und Hoffnungen auch eben.

FRAU STENZ Meinetwegen?

HERR DUMSWOHL Ja, weil mir ja sonst nichts bleibt im Leben, nur Sophisterei und Solipsismus.

FRAU STENZ Soso, Ladyshaver, dann lassen Sie uns kurz nach oben.

HERR DUMSWOHL Das geht doch nicht. Geht schon, aber was sollen dann die anderen?

FRAU STENZ Denken? Ach, lassen Sie ruhig mich ruhig machen, Mayerling. Ich gehe offiziell ins Badezimmerseminar, und Sie folgen in drei Minuten mir. *Laut:* Ihr entschuldigt mich doch hoffentlich.

ALLE Bitte, bitte.

HERR STENZ *hat hier das Telephonieren beendet, zündet sich eine Zigarette an:* Also, der Braten, bis der bei uns ist. Das dauert ja noch eine Länge. Übrigens war das der Georg. Schöne Grüße auch an alle. *Die anderen nicken.*

FRAU SPREIZMOSER Ob bis dann die Wurmbrands kommen?

FRAU DUMSWOHL Da-das Rauchen wi-ird Ihnen noch ei-einen Scha-aden antun.

FRAU SPREIZMOSER Wem?

HERR STENZ Ei, Frau Dumswohl, Sie bekehren mich, doch bin ich einer Belehrung nicht mehr Amateur genug.

HERR SPREIZMOSER Wie kann man konziliant erwarten, daß das Menschheitskonglomerat mit gutem Ratschlag konspiriert, wenn nicht einmal das Kulminieren kompromittiert.

HERR STENZ Rosa, Sie können schon abservieren.

FRAU SPREIZMOSER Ich mag Raucher, das macht sie mächtig männlich haargenau.

Frau Dumswohl A-aber u-ungesund.

Frau Spreizmoser Ich mag das, das manchmal mannhaft manische in Zügen existieren.

Frau Dumswohl Ma-Mangelerscheinungen.

Rosa kommt und räumt die Suppenteller ab.

Stille.

Herr Stenz Ja Himmel, Sie haben ja alle nichts zu trinken, nicht. Rosa? *Schaut sie vorwurfsvoll an.* Und niemand meldet sich. *Nimmt eine Flasche vom Tisch und öffnet sie.* Sie sind mir vielleicht Publikum. Erst den Mund nicht Muh und hinterher zum Mäh zermaulen. Weil wir den Start verschlafen haben.

Frau Spreizmoser Wir hätten noch nicht dürfen. Ich hab es gleich gesagt.

Herr Balz *Zeichnet mit seinem Besteck auf dem Tisch:* Sudern Sie nicht, wir können doch, ich wiederhole mich, nicht ewig warten auf diese Sklerosenschläuche.

Herr Stenz Im Verzug zu sitzen ist kein Vorzug.

Frau Balz Also mir, ich kann ja nur, kann sozusagen nur für mich, hoppala, mir ist das gar nicht aufgefallen nicht. *Nimmt eine Flasche und gibt sie samt einem Öffner ihrem Gatten.* Soda. Diese ganze Anstands-Etikette, wo wir doch eh nur eh nur unter uns sind. Jetzt reißen wir ein paar Bouteillen die Köpfe ab und jeder, um uns das Prozedere zu schenken, nimmt sich was, was ihm promillisch paßt.

Herr Stenz *Frau Spreizmoser streichelnd:* Das wollte ich eben propagieren.

Weißwein-Flaschen werden geöffnet, Herr Stenz und Herr Balz schenken ein.

HERR DUMSWOHL Danke, mir nicht.

FRAU SPREIZMOSER Mir fast nicht, bitteschön.

FRAU DUMSWOHL *knallt ihm eine:* Du-du brau-auchst dich ni-icht immer auszu-zu, zu absentieren. *Nimmt einen großen Schluck. Schluckt außerdem hastig zwei, drei Pillen.* E-Endlich geht es besser, geht es.

FRAU BALZ Das geht aber schnell.

FRAU DUMSWOHL Tja.

HERR DUMSWOHL Aber aufs WC werde ich, wenn ich sedimentieren muß, einen Teil von mir, noch dürfen?

FRAU DUMSWOHL Aber verkühl dir kein Kalkül, Egon.

Herr Dumswohl ab.

Stille.

HERR BALZ *steht auf:* Alsdann, auch wenn welche fehlen, es gibt kein Gleichgewicht mehr in der Welt, lassen Sie uns den vorzüglichen Borschtsch, *leise:* de rote Ruabnsuppn, *wieder laut:* auszeichnen, auf unseren liebenswerten Gastgeber Herrn Stenz, *leise* den gespreizten Strohblutzer, *laut:* und seine noch viel liebreizendere Gemahlin Beatrix, *leise:* den geilen Dreckstessel, *laut:* wo ist sie denn, das Glas erheben und trinken, daß.

Gleichzeitig: FRAU BALZ Auf Bacchus. HERR STENZ Wir gesund bleiben. HERR SPREIZMOSER Auf unsere Geschichte. FRAU SPREIZMOSER Die Wurmbrands noch kommen. FRAU DUMSWOHL Die Gleichberechtigung. HERR BALZ Der Braten bald kommt.

ALLE *durcheinander:* Prost. Salut. Nasdrowje.

FRAU BALZ *zu Frau Dumswohl:* Fehlt Ihrem Mann was?

FRAU DUMSWOHL Der? An Durchfall leidet er, der Egon, wie immer.

HERR SPREIZMOSER Mon dieu, an Diarrhöe leidet der Monsieur.

FRAU DUMSWOHL Muß er weg oder wohin, der Egon, schon muß er ökumenisch müssen, oft auch noch, wenn er wo ist, der Egoist, nicht zum Aushalten das. Fährt er mit dem Aeroplan, der Elektrischen oder mit dem Intercity, mit dem O-Bus oder mit der U, kurz, ist er wo, wo er nicht soll, er muß. Darum haßt er Autofahren so, der Egon, Menschenmengen unisoundso, geht in die Kirche nicht. Er kann sich nicht verhalten, ist charakterschwach, in der Flora seines Darmes hält kein Damm, kein in drei Teufels Namen. Der kleinste Weg heißt schon Canossa. Aber bitte, Sie behalten das für sich.

ALLE Aber sicher.

FRAU DUMSWOHL Schämt sich nämlich derart, der Egon, ist ein Hypochonder. Da ein Zwicken, schon hat er es, dort ein Zwacken, sofort ist es Krebs.

HERR BALZ Keinen Bronchialkatarrh, wir halten dicht.

HERR STENZ Und unsere Schließmuskeln sowieso.

FRAU DUMSWOHL Ein Übel ist das, Satansbraten, ich sage Ihnen was. Aber jetzt hat er ja Krebs angeblich.

ALLE Nein?

FRAU DUMSWOHL *sich die Hand vorhaltend, wie es Mädchen machen, wenn sie Geheimnisse erzählen:* Natürlich, und wie der Egon Krebs hat. Im fortschrittlichstem Stadium, drei, vier Monate, so hat der Arzt gesagt, und keinen Tag darüber. Ich habs ja gleich gesagt. Er hat sich einfach nicht gehalten. Nie.

Wie oft habe ich ihn altruistisch vorgewarnt, rauch doch nicht soviel, Egon, habe ich gesagt, immer wieder habe ich Egon gesagt, du wirst noch zugrunde gehen. Aber er wollte nicht hören. Egon, habe ich ihn vorgewarnt, du richtest dich zugrunde. Er? Scheinbar wollte er es. Jetzt? Was hat er jetzt? Egon, habe ich gesagt, immer wieder Egon, sauf doch nicht soviel, du richtest dich zugrunde, Egon, wie oft habe ich das gesagt. Und jetzt? Jetzt hat er Blut im Kot, im Gewebe Janitscharen, Gotteslästerer, Sie können sich ja denken, Magenhaut und Dickdarmwand, wie Passahlamm das ausschaut, beuschelblau. Päh. Ich hab es ihm ja gleich gesagt.

Kurze Pause.

HERR SPREIZMOSER Daß wir Östrogeneger immer Tedeum die Fäkalien besingen, immer übers monetäre Scheißen Bukoliken erfinden, Kot und Dreck? Haben dürfen, wollen, sind. Daß wir merkantilisch immer sagen müssen, rundheraus, wer an Verstopfung laboriert, wann und wo nicht kann, oder umgekehrt, halt dauernd muß.

Frau Spreizmoser beginnt zu kichern.

FRAU BALZ Es ist uns halt eine Erleichterung. Kackerlakak. Eine Freude, wenn man kann. Richtig?

HERR SPREIZMOSER Der kann auch kein Zufall sein. Sein Neurosenmonopol, seine Verdrängungsmetropole, das ist nicht ziellos von hier aus in die Welt geknautscht.

FRAU BALZ Österreich ist eine riesengroße Couch.

HERR STENZ *singend:* Was kann der Sigismund dafür, daß er so schizophren ist?

Frau Spreizmoser *lachend:* Was sind Egalien?

Herr Stenz *sich mit der Zunge über die Lippen fahrend:* Von uns produzierte, gar nicht unbedingt undelikate Naturalien. Das sind Fäkalien.

Herr Balz Stuhlgang. Apropos, jetzt muß ich einen abstellen. Was macht ein Neger am Abort?

Frau Spreizmoser *hält sich nur mit Mühe das Lachen zurück:* Ich habe keine Stuhl-Probleme.

Herr Stenz Beneidenswert.

Herr Spreizmoser Schwarzer Humor.

Frau Dumswohl Mein Mann teilt Orte in mit oder ohne Toiletten ein.

Frau Balz Kodifizierte Schwarzarbeit, Lagerdenken, persönlicher binärer Kot.

Herr Balz Was macht ein Neger am Abort?

Herr Spreizmoser Das ist der lebendige Beweis.

Herr Balz Er seilt sich ab. *Lacht.*

Herr Spreizmoser Der profane Evidenz, daß alle, wie wir sind, vom blödsinnig begeisterten Schwadroneur bis zum schönsinnig verkleisterten Charmeur, uns vom ungustiösen Belvedere nicht separieren können. Permanent romantisch vom Kotieren reden vom Biedermeier Darm und vom Rokoko Urin. Schönbrunn.

Herr Balz Parlewudeln Sie sich ruhig aus.

Frau Spreizmoser *lacht:* Ich habe mit dem Koitieren keinerlei Problem.

Herr Stenz *für sich:* Das hört man gern. *Laut:* Schon bei der Mutzenbacher wird Dopingkontrolle gepritscherlt und gewißt.

Herr Spreizmoser Das kommt so Semmering daher,

nicht wie ich glaube, wie es der Ringstraßen-Psychologe sagt, Muzek heißt auf tschechisch Mann, daß wir Jasomirgott hier in der Prälatenrepublik in einer gestörten Analphase wie im Redoutensaal flanierten, das glaube ich nicht. Was soll hier anders sein als anderswo? Polomayonnaise.

FRAU BALZ Hier gibts mehr Häuslbauer.

FRAU SPREIZMOSER *prustend:* Ich habe keine Stuhl-Probleme.

HERR SPREIZMOSER Ich glaube, eher ist es Sublimierung. Daß wir alle magnifik vor Sprachproblemen stehen, daher ins Interieur Bedürfnisanstalt gehen.

HERR STENZ *zu Frau Spreizmoser:* Achtung. Küß nicht nur die Hand. Wir nehmen Sie beim Wort. *Lacht.*

HERR SPREIZMOSER Jargon. Wir reüssieren alle Zwetschkenröster und Holunder. Ist es nicht so. Haben von Kindheit an die größten Troubles mit der Sache Sprache, mit dem Wörtertroubadour. Wir reden ja nicht Deutsch, sondern Potpourri, Kompott, sonst ein Reigen unkomplettes Bajuwarisch, Keltisch, weiß der Teufel was.

FRAU BALZ Nuscheln, Bellen und Verschlucken, ich verstehe dich, Spreizmoser, ist demzufolge unser Born.

HERR BALZ An Verschluckung ist noch keiner erstickt. *Rülpst.*

HERR SPREIZMOSER Lokus, Gnädigste. Weil wir Malheure mit dem Reden haben, ebenso mit dem Geraden, nehmen wir uns, zu demonstrieren, wir können es, gleich etwas Blamables, ein Tabu. Darum, so glaube ich zum Clou, sprechen wir soviel davon.

FRAU DUMSWOHL A-Also ich weiß nicht. Für mich erklärt da-as nichts.

FRAU BALZ Das Ahah?

HERR STENZ *eine große Geste machend:* Die wahren Abenteuer sind im Popsch.

FRAU BALZ Und sind sie nicht im Popsch, so sind sie fortentsorgt. *Lacht.*

HERR BALZ An Verdauung ist noch niemand erstickt. *Furzt. Alle sehen ihn verächtlich an.*

FRAU DUMSWOHL *schluckt Tabletten:* Vielleicht sollten wir da-as Thema-a wechseln-seln.

FRAU SPREIZMOSER *ihr Lachen klingt ab:* Ich habe keine Hemmungen mit Apportieren.

HERR SPREIZMOSER Und ich werde kurz selbst am Abort mich orientieren, meiner Blase mich mit Gefälligkeit jetzt revanchieren und beiläufig äußerln gehen mit mir selbst. *Steht auf und will seitlich abgehen, trifft aber auf den zurückkommenden Dumswohl.*

HERR BALZ *nachrufend:* Viel Kernöl essen.

Herr Spreizmoser und Herr Dumswohl prallen am äußersten seitlichen Bühnenrand leicht zusammen.

HERR SPREIZMOSER Entschuldigung, Pardon.

HERR DUMSWOHL Passen Sie doch auf.

HERR SPREIZMOSER Na, ist Ihnen leichter en detail.

HERR DUMSWOHL Und wie. Hat etwa wer etwas bemerkt?

HERR SPREIZMOSER Rudimentär könnte man protestieren. Man könnte sagen sekundär, aber Sie können ganz gelassen sein. Riecht man noch etwas?

Herr Dumswohl Was? Wie? Womit kommen Sie daher.

Herr Spreizmoser Rhabarber Rhabarber dachte ich, als ihr Sukzessor.

Herr Dumswohl Als mein bitte was?

Herr Spreizmoser Einer muß Sie ja vertreten auf dem Thron.

Herr Dumswohl Bitte, tun Sie, was Sie nicht lassen können. *Geht und setzt sich auf Spreizmosers Stuhl (3).*

Herr Spreizmoser *für sich:* Lassen, das ist mein Mantua, mein Muß, wie jemand im Lapsus.

III Paralleldialog

HERR DUMSWOHL *zu Herrn Stenz:* Ob Sie mir wohl eine Zigarette?

HERR STENZ Vom Locus zum Schmokus. Sie berauben mich. *Reicht ihm eine Zigarette.*

HERR DUMSWOHL Danke. *Für sich:* Die wissen. Die müssen was wissen. Aber daß der seine Pipifax mit einem Pissoir vergleicht, ist doch etwas verrissen. *Herr Spreizmoser stößt mit der hereinkommenden Frau Stenz zusammen.*

HERR SPREIZMOSER Oha, was für ein angenehmer Rempler, was für ein wohltuendes Tusch. Ich hoffte, wir könnten öfters so Kugel-Queue touchieren.

FRAU SPREIZMOSER Wer muß was wissen? Was muß wer?

HERR STENZ Wissen, Verehrteste, muß man einen Schmarren.

HERR BALZ *sich die Zähne mit einem Zahnstocher reinigend:* Rezepte muß man wissen.

HERR STENZ Die Praxis kann man nicht wissen, die muß man machen.

FRAU STENZ Ja, Tusch machen, und ich bin ja eben erst frisch eingetuscht, und noch ganz verwimpert, zitterig. Ist mein Rouge zu rot? Egal, lassen Sie uns tauchen gehen.

HERR SPREIZMOSER Wenn es Ihnen, höre ich recht, dabei die Ohrengewinde nicht, nur nicht verdreht. Sie haben beinahe nichts gesagt bis jetzt. Trotzdem wollen Sie?

Frau Stenz So fahrig, wie ich bin, Vibratoren-Bügelautomat. Seien Sie mein fleischlicher Massagestab, mein Frottier.

Herr Dumswohl Ganz schöne Beuschelreißer. *Hustet. Für sich:* Was wird hier eigentlich von wem mit wem gespielt? Was für ein okkulter Säfteaustausch findet statt? Toleriert der das nymphomanische Entgleisen seiner Lore? Sie hat doch nichts, nicht Herpes, Tripper, Syphilis?

Frau Dumswohl *zu ihrem Gatten:* Du rauchst viel zuviel. Wie sitzt du eigentlich? Das Nikotin bringt dich noch um. Setz dich, wie es sich gehört.

Herr Dumswohl *sich aufrichtend:* Das Nikotin? Ich rauche nur, daß ich nicht sprechen muß. Das Nikotin mit Sicherheit.

Frau Spreizmoser Ich muß mich heute nicht mehr setzen. Mir ist egal, was angespielt wird, ich bleibe hier. Immer soll ich die Naive sein, unablässig dumm. Und auf mich persönlich zählt und fragt man nicht, und nicht mit mir. Warum? Ich will auch einmal dran.

Herr Stenz Keine Angst Frau Spreizmoser, Sie kommen schon noch dran.

Frau Balz Was soll denn gespielt werden?

Herr Dumswohl *für sich:* Ich weiß doch, sie wissen was. Mir egal. Was wissen die? Das mit seiner Frau, oder daß ich Hypochonder bin?

Herr Spreizmoser Sie wollen also wirklich sich als Gastgeberin vergessen und persönlich tautologisch als kleine Aufmerksamkeit sich verschenken? Ich warne Sie, Sie kommen über die Nebenrolle nicht hinaus.

FRAU STENZ Jetzt sagen Sie hier keine Lockenwickler-Sprüche runter, sondern auf, und ich zeige Ihrer Trockenhaube was, und gleich fallen Ihnen, Sie werden sehen, die Augen aus dem Jersey-Look. Und der Rest, so hoffe ich satin, hudelt nicht. Na kommen Sie, Sie Sexexil. *Faßt ihn am Arm und zieht ihn hinaus. Beide ab.*

HERR BALZ Übrigens, da fällt mir wieder einer ein. Nullter, Null Uhr null, Jerusalem. Der Jesus soll aufs Kreuz genagelt werden, und man fragt ihn, hast du noch einen letzten Wunsch.

FRAU DUMSWOHL Hören Sie auf, das ist ja Gotteslästerung. Frivole Häresie.

HERR BALZ Gut, dann eben nicht, Sie Weihwasserfogosch, aber schade, wirklich schade um die Pointe.

IV

HERR DUMSWOHL Gotteslästerung? Das ist doch keine Gotteslästerung. So eingeübte Sachen, die man hier hören muß.

FRAU DUMSWOHL Duuu. *Sie will ihm eine Ohrfeige versetzen, aber er sitzt zu weit weg.*

HERR DUMSWOHL Diesem Gott wird schon genug gelästert. Da kommt es auf das eine Mal auch nicht mehr an. Kein Bild sollst du dir machen, heißt es. Und, was geschieht? Überall Plastik, Gips, Devotionaliengesichter, wenn das keine Gotteslästerung ist. Und was ist das überhaupt für ein Jesus, einmal mit und einmal ohne Bart.

FRAU SPREIZMOSER Wieso?

HERR DUMSWOHL Bis ins 10. Jahrhundert babyglatt. Den Barabbas erfunden, den Judas, sonst hätte sich der nie, nie hätte sich der durchgesetzt. So ein fünfter Beatle wäre das, Bhagwan, Eichmann, Elvis- oder Karajan-Imitator. Und erst die Kirche.

FRAU DUMSWOHL Versündige dich ruhig, du hast es nötig, gerade du.

HERR STENZ Wissen Sie, wie das elfte Gebot heißt?

FRAU BALZ Crescendo. Was ist jetzt mit der Kirche, Feigenblattfunktion, das betrifft mich offensiv. Ich saniere schließlich mit. Gießkannenprinzip. Zahle Steuern ganz massiv. Sickert etwas durch?

FRAU SPREIZMOSER Warum?

HERR DUMSWOHL Verweltlicht, wesentlich säkularisiert, aus dem Leim gelogen. Zwanghaft ungezwungen. Den Ministranten grinsen Jeans und Turnschuh aus dem Meßgewand, anstatt liturgischer Leier singen Jungschargruppen Hiphop-Gstanzln, Rap und Technogeschreier, Marina statt Ave Maria. Peinlich. Und das Volk will innen. Mitbestimmung. Unverzeihlich. Wenn schon Kirche, dann auch äußerst. Aber bitte, mich, mich geht das ja nichts an.

FRAU DUMSWOHL Sehr richtig.

FRAU SPREIZMOSER Warum?

HERR STENZ Du sollst dich nicht täuschen, so heißt das elfte Gebot.

FRAU SPREIZMOSER Warum?

HERR DUMSWOHL Einen Ort der Reinheit stelle ich mir vor.

FRAU BALZ Vielleicht fehlt Ihnen einfach das Klosett?

FRAU SPREIZMOSER Warum?

HERR DUMSWOHL Was? Einen Hort der Askese für Körper und Geist.

FRAU BALZ Ein Abort?

FRAU SPREIZMOSER Warum?

HERR DUMSWOHL Unterbrechen Sie mich nicht, wenn ich ins Schwärmen komme. Ich bin als erster dran. Ein Refugium für Fleisch und Seele, eine Klause der Kasteiung. Wenn schon Jenseits, dann auch jetzt. Und nicht diese unverzeihlichen Anbebiederungen. Die Kirche ist kein Supermarkt. Billiger, billiger. Überhaupt die Torheit Ablaßschacher. Mast. Was soll denn ein Bauernbub aus Mistelbach jemand von seinen Sünden liquidieren. Wie? Wo soll das gehen? Weil er ein Priesterseminar liquid durchsteht?

HERR BALZ Eine Wichskaserne?

FRAU BALZ Besteht, aber wörtlich, frisch gefangt.

FRAU SPREIZMOSER Warum?

HERR BALZ Also Zölibat? Von mir aus. Sollen sie es im Schneuztüchl derwürgen. Aber das mit der Kasteiung muß doch wirklich nicht. Degeneriert. Von Ägyptens Fleischtöpfen weg. Wohin? Nicht etwa in den Wurstelprater, nein in die Wüste, eine Roßkur abzuhalten.

HERR DUMSWOHL Und ob. Vor allem fleischlich. Nur Damen dürfen füllig sein.

HERR BALZ Da fällt mir wieder einer ein.

HERR STENZ Er hat schon recht. Ein Künstler muß rohrspatz undicht sein.

FRAU SPREIZMOSER Warum?

FRAU DUMSWOHL Aber nicht zum Allerheiligsten.

FRAU BALZ Am Allerwertesten?

HERR BALZ Also ein Potenzler geht mitten im Winter baden. Der See ist teilweise zugefroren, aber ihm macht das nichts.

HERR STENZ Ein Künstler muß alles runterputzen.

FRAU BALZ Ich finde das göttlich, finde ich das, wenn sie jeden alles Mores lehren, Sakrament.

FRAU SPREIZMOSER Ist der Mann betrunken?

HERR BALZ Nein, betrunken ist er nicht, aber nichts als eine Badehose hat er an.

FRAU BALZ Besonders auf hier.

HERR STENZ Speziell auf da.

HERR BALZ Also er kommt aus dem Wasser, nur die Badehose an, zittert am ganzen Leib.

FRAU SPREIZMOSER Und er ist nicht betrunken.

HERR BALZ Er ist nicht betrunken, dafür kommt ihm eine Frau entgegen, die schreit: Ja um Himmelswillen, sie holen sich noch einen Herzkasperl, wenn nicht gar den Tod. Das Wasser ist doch lust- und lebenstötend kalt. Und er zeigt ihr mit den Fingern so *Geste, die einen Zentimeter zeigt* und sagt: So kalt. *Lacht.*

HERR STENZ Auf alles müssen Künstler kotzen und auf Österreich immer. Verliert ja unentwegt.

HERR BALZ Der war doch gut.

FRAU BALZ Ich liebe es, wenn sie auf breiter Basis polemisieren, Österreich, mitten ins feiste Provisorium.

HERR STENZ Genau, Nazis, muß er sagen, hirnmarod, animalisch, muß er sagen. Alle. Zeigen muß er fastfood Faschisten, Pantoffelheroen, ein Hitlerbild in jedem Hinterzimmer. Fernsehkürassiere, Sandsackgestalten, Hau-den-Lukas-Karosserien.

HERR DUMSWOHL Seien Sie nicht infantil.

FRAU BALZ Oder ein Franz Josef oder so einen Patron.

HERR STENZ Genau. Und wie wir noch immer vielstimmig tirillieren, pfui, die Juden sind an allem, Freimaurer, Weltkongreß, nichtarische Para-Parasiten, ist doch so. Im Chor. Eine Sippschaft Supplemanten, Triebtäter, Bruckner Antons, böse Onkels, Bisquitrouladen mit Zigeunerblut, Dreivierterltakt, und nur den Akt der Fortpflanzung im Zweck. Nackerbazi, Selbernazi. Das erwarte ich mir von einem Künstler. Daß er uns unsere eigenen Fratzen entgegenstellt, entgegenhält, was für Schweinereien wir täglich denken, tun.

HERR BALZ Was soll da das Ausland denken?
HERR DUMSWOHL Lächerlich.
FRAU SPREIZMOSER Jetzt brechen Sie nicht unter, wenn er zum Schwärmen ansetzt. Er ist an der Reihe. Was soll da das Ausland denken?
FRAU BALZ Wunderbar. Ich liebe es, wenn sie so Engerling-obszön werden, originär ordinär, den Nenner auf den Punkt gebracht.
HERR STENZ Dann hat er Resonanz. Ein Künstler, der das sagt, hat augenblicklich Echo, Anerkennung. Die Leute wollen das. Aber was machen sie?
FRAU SPREIZMOSER Was machen sie?
HERR STENZ Verkomplizieren. Da ein Pünktchen auf dem A, dort einen Hatschek auf dem Ö, Telemark, einen Zipfel Antithese, wägen ab und sprechen für. Doch was kommt dabei heraus? Was spricht dafür?
FRAU SPREIZMOSER Was kommt dabei heraus?
HERR STENZ Nichts, nicht Hintern und nicht Vorbiß.
FRAU BALZ Nicht Hui und nicht Pfui.
HERR STENZ Nicht Dildo und nicht Doppelkinn.
FRAU BALZ Nicht hü, nicht hott.
HERR STENZ Der Schneid fehlt ihnen, das ist alles.
HERR DUMSWOHL So simpel ist das Sacher sicher nicht. Was soll denn so ein Dehmel, das bloß zwei Seiten hat?
HERR STENZ Sicher, ich verstehe leidlich nichts. Ich bin unter Umständen lediglich Tierpräparator, aber eines stante pede unterstelle ich: Künstler müssen matschgern. Wie eine faulige Most-Birne müssen sie das Land zermantschen. Zerquetschen müssen sie das Quatschen, das Das-war-schon-immer-so.

FRAU DUMSWOHL Tsstss. Ich weiß nicht, sind das nicht Schmarotzer. Also alles, was man hört und sieht, tsstss, die Maler ja, mein Egon auch noch seinetwegen *dieser klopft sich auf die Brust,* aber der Rest? Fäkaliengekritzel. Tsstss. Was soll das bringen? Alles hingesudelt, hergeschüttet, kostet Geld, daß, wenn wir ehrlich sind, die haben doch alle, sagen darf man es ja nicht, alle einen Sprung, lauter Klüngel, wenn wir ehrlich sind.

HERR BALZ Genau. Mitten in der Schüssel.

FRAU SPREIZMOSER Und was kommt dabei heraus?

HERR DUMSWOHL Klischees. Widerliche Klischees. Sonst nichts. Ein Ding, das nur aus zwei Seiten besteht, existiert nicht. Im Leben ist die wahre Kunst.

HERR BALZ Soso. Wann kommt eigentlich der Braten?

FRAU SPREIZMOSER Und was kommt dabei heraus?

HERR DUMSWOHL Wenn einer Autorempler initiiert, Versicherungsbetrug, oder mit Stelzen Kreise in Kornfelder mäht, daß die Wissenschaft an Außerirdische, spiritistische Felder glaubt. Das ist Kunst.

FRAU DUMSWOHL Wann kommen die Wurmbrands jetzt?

HERR BALZ Da besteht kein Zusammenhang.

FRAU SPREIZMOSER Ob etwas passiert ist?

HERR DUMSWOHL Denen bestimmt nicht, aber mir.

HERR STENZ Was? Ist das jetzt Kunst?

HERR DUMSWOHL Nein, jetzt kommt Leben.

FRAU DUMSWOHL Egon, du blamierst mich.

FRAU SPREIZMOSER Ob etwas passiert ist?

FRAU DUMSWOHL So etwas erzählt man nicht.

HERR DUMSWOHL Weshalb? Sollen es doch alle wissen. *Für sich:* Vom Übertreiben stirbt man nicht. *Wieder laut* Im Magen, meinem, seit geraumer Zeit erst weiß ich es, schwelt mir ein Geschwür. Impetigo, ein schönes Wort. Flechten und Verästelungen stricken sich, nehmen ständig zu, bilden Knäuel sich, verheddern, daß, man kann dagegen nichts.

FRAU SPREIZMOSER Ich habe selbst gehört, man könnte sich tiefkühlen lassen.

HERR DUMSWOHL Das kann ich mir nicht leisten. Jedenfalls, was das geringste ist, darf ich die Hälfte nicht mehr essen, die andere wird blutgetränkt Sie wissen schon – und alles diesem Tumor wegen, der wächst und wächst und wächst, wird größer. Und was das Schlimmste ist, länger als vier Monate, allerlängstens, gibt man mir nicht mehr. Dann Breitseite und ab.

HERR STENZ Entschuldigung, ich kann das nicht hören, leide an Hämatophobie. *Steht auf und setzt sich auf Stuhl 7.*

FRAU SPREIZMOSER Ich habe auch gehört, man kann sich lediglich den Kopf einfrieren. Der wird abgeschnitten und in Sauerstoff, der ist wie Salz, gelegt, das kommt billiger.

HERR DUMSWOHL Worunter leiden Sie?

HERR STENZ Ich kann kein Blut nicht sehen und hören auch nicht. Das hat mir die Pubertät vereitelt.

FRAU DUMSWOHL Was?

HERR STENZ Panische Angst. Immer beim Masturbieren panische Angst, ich bekomme die Regel. Erst mit

16 wurde mir klar, daß ich sie nicht kriegen kann, doch da war es bereits zu spät, das Ganze mit Gelassenheit zu absolvieren. Ich habe etwas versäumt.

FRAU DUMSWOHL Ich verstehe so etwas nicht, weil ich habe keine Probleme damit.

FRAU BALZ Mit Masturbieren?

FRAU DUMSWOHL Nein, mit Blut-nicht-sehen-Können.

HERR STENZ So etwas kann tragisch sein.

FRAU SPREIZMOSER Ob die Wurmbrands noch kommen?

HERR BALZ Zeit wirds.

FRAU SPREIZMOSER *ihren hereinkommenden Gatten sehend:* Das ist aber auch Zeit geworden. *Stille. Alle sehen Herrn Spreizmoser zu. Er versucht, locker zu gehen, stolpert aber beinahe, lächelt, setzt sich auf Stuhl 1 und zündet sich eine Zigarette an.*

HERR SPREIZMOSER Habe ich Bonmots versäumt?

HERR DUMSWOHL Hier? Aber nicht doch. Wir sind doch ein. Was kommt jetzt? *Flüstern. Der Souffleur ruft etwas auf die Bühne.* Richtig, ein Beamtenstaat.

HERR SPREIZMOSER Beamtet bin ich selbst. Ein Hypokrit.

FRAU BALZ Wenn Sie mich hineinverwickeln, sind wir mehr ein Pensionistenland, ein Ruhestand als Staatsnotstand.

HERR DUMSWOHL Wie Sie reimen können, toll.

HERR BALZ Da fällt mir ein Geschichterl ein.

HERR STENZ Alle Geschäftsleute, durch die Bank, sind Superlativ im Vergleich mit den Beamten.

HERR SPREIZMOSER Sie sägen an der Staatssubstanz.

HERR BALZ Eine Patientin von mir fährt zu den Murln nach Burundi, worauf ihre Chefität meint: Na, um Ihnen keine Sorgen, Charlie-Risiko, weil die Krokodile fressen nur Jungfrauen, sowieso.

FRAU BALZ Wo ist eigentlich Frau Stenz?

FRAU SPREIZMOSER Die Wurmbrands sind auch noch nicht da.

HERR BALZ Moment, sagt sie, sie sagt: Moment, die Krokodile fressen nur Beamte, weil die kein Rückgrat haben, da beißen sie sich keine Zahnderln aus, keine Stockerlgalerie. *Lacht.*

HERR SPREIZMOSER *etwas verlegen:* Rein fiskalisch sind die Pensionisten penetranter. Den Ägyptern sandte Gott die Heuschrecken, uns schickt er die Senioren. Ein Fiasko.

FRAU DUMSWOHL Stimmt. Man kann schon nicht mehr außer Haus. Waren Sie in letzter Zeit in einem Zug?

V

Im folgenden werden die Köpfe der anderen geschwenkt wie bei einem Tennismatch:

HERR DUMSWOHL Alles voller gesundheitsstrotzender, vitaler Pensionisten. Die können nämlich nicht, wie es sich gehört, zu Hause sitzen, denken, nein, müssen die Welt noch sehen.

FRAU DUMSWOHL In Deutschland ist es ausgesprochen. Abteile, Gänge, alles voll. Die ganze Eisenbahn.

HERR DUMSWOHL Auschwitz-Neurose. Ein Katarrh. Auch das kommt vor. Denken, daß sie das erst dann bewältigen, wenn sie kathartisch selbst so einen Massentransport überleben. Freiwillig!

FRAU DUMSWOHL Wenn man nicht reserviert hat, hat man keine Chance.

HERR DUMSWOHL Anstatt daß sie bei Bussen und Werbereisen bleiben.

FRAU DUMSWOHL Heizdecken kaufen und Schnellkochtöpfe.

HERR DUMSWOHL Werden sie selbständig und okkupieren den öffentlichen Verkehr.

FRAU DUMSWOHL Verbieten müßte man das.

HERR DUMSWOHL Pensionisten müßte man verbieten. Oder einsperren.

FRAU DUMSWOHL Zumindest Vitaminverbot.

Frau Balz Schauen gleich aus, alle. Immerwährend. Die Frauen kurze Haare, pudellange Dauerwellen, karamelpuddingfarben oder blau. Den Männern meistens ausgegangen. Die Haare selbst und sie.

VI

HERR SPREIZMOSER Aber heuristisch auch die Jugend.

FRAU BALZ Ist nicht mehr, was sie einmal gewesen?

HERR SPREIZMOSER Sie sagen es. Exactement.

FRAU DUMSWOHL Wem sagen Sie das, der ganze Kinderkram? Ein Rinderwahn.

HERR SPREIZMOSER Früher hatten die Kultur. Und heute? Und? Pickel und Furunkel. Sprechen nur noch Bums und Zack, Krach und Peng. Perfide Randsteinhummelreiter, Aknegäule.

ALLE *durcheinander, kann ausarten:* Brrrt, Zschhht, Platz, Bums, Hui, Zisch, Wuschsch, Peng, Zck, etc.

HERR SPREIZMOSER Ruhe.

Stille.

HERR SPREIZMOSER *beruhigende Geste:* Einfach niveaulos. Onomatopopo.

HERR BALZ Wo bleibt eigentlich der Braten? Wozu sind wir hier?

FRAU SPREIZMOSER Wo bleiben eigentlich die Wurmbrands?

HERR BALZ Die kann man allerdings nicht essen. Oder doch? Ich esse gern, ich esse oft. Ich verstehe etwas davon. Mich legt man nicht herein.

HERR STENZ Und wo um alle Weltrekorde ist meine liebreizende Begatterin? *Pause.* Begatterin!

VII

Frau Stenz tritt hastig auf und setzt sich auf Stuhl 8

FRAU STENZ Sie entschuldigen doch, aber mit diesem Dienstboden-Nippes hat man nichts als kelomaten Ärger, man verpaßt den Einsatz noch.

ALLE Aber bitte, bitte.

FRAU BALZ Setz dich erst einmal, Frau Stenz, sonst kommst du ja nie an die Reihe.

FRAU STENZ Ist mein Rouge schlecht aufgelegt? *Klatscht in die Hände:* Stimmung, Stimmung.

VIII

Die folgenden vier Familienzwiste passieren gleichzeitig und mit konstanter Lautstärkenzunahme, bis mit Rosa abrupte Stille einkehrt.

HERR STENZ Was fällt dir ein.
FRAU STENZ Wieso?
HERR STENZ Unsere Gäste so warten zu lassen.
FRAU STENZ Ich sagte doch bereits.
HERR STENZ Was sagtest du?
FRAU STENZ Daß ich mich um das Essen kümmerte.
HERR STENZ Mich so zu blamieren.
FRAU STENZ Aber Karl.
HERR STENZ Karl, Karl, von wegen Karl, Schminkkastengesicht.
FRAU STENZ Aber Karl, wie oft muß ich dir denn noch.
HERR STENZ Und wie oft muß ich dir noch, daß du dich nicht einfach so entsagen kannst, ohne Entschuldigung. Schneeblinde Schachtel.
FRAU STENZ Ich? Und was ist mit dir, du strohgefüllter Tierausstopfer. Mastdarm-Damast. Kümmere du dich doch um deine High-Life-Freunde.
HERR STENZ Meine Freunde? Das sind deine Freunde. Du aufgeplusterte Matrone.
FRAU STENZ Matrone sagst du nicht zu mir, du Sitzbadewannenkapitän. Ist er vielleicht zu schmähverlegen, daß er sich geschlagene zehn Minuten um die Gästegarnitur?

HERR STENZ Zehn Minuten? Das war mindestens schon eine Stunde. Und was macht die Gnädigste? Was fällt ihr ein?

FRAU STENZ Wieso?

HERR STENZ Unsere Gäste so warten zu lassen.

FRAU STENZ Und ich sagte doch bereits.

FRAU BALZ Erzähl nicht deine dürren Witze pausenlos.

HERR BALZ Nur weil du sie nicht kapierst, sind sie lange noch nicht deppert, alle lachen.

FRAU BALZ Niemand versteht sie, weil sie Wirtshaus sind, deine Witze, witzlos, und hören will sie keiner. Es lachst nur du, Gassenreißer.

HERR BALZ Das muß ich mir von dir jetzt sagen lassen. Larmoyant.

FRAU BALZ Ja spürst du nicht, wie du allen den Nerv freilegst.

HERR BALZ Ich bin nun einmal ein Dentist.

FRAU BALZ Ein Nepp bist du. Dein Krempel kostet, vertrödelt, plundert.

HERR BALZ Humorlose Person. Trocken. Ausgedörrt nicht nur im Plutzer. Da kommt leichter einem Toten ein Schas aus wie dir ein Lacher. Fade Nocken.

FRAU BALZ Wir sind nicht mehr Mittelstufe.

HERR BALZ Was müssen wir auch zu deinen gescheiten Freunden, Obertrottel.

FRAU BALZ Meine Freunde? Das sind auch deine Freunde.

HERR BALZ Du verstehst überhaupt nichts, du und dein Vorzimmerdamenverstand.

FRAU BALZ Ich und Vorzimmerdamenverstand? Du untersteh dich. Bei wem muß ich denn die Praxis karamelisieren, daß der Grandseigneur in Ruhe seine Lacher plombieren kann, seine alten Kamellen.

HERR BALZ Kamel? Wo wärst du ohne mich? In der Dreizimmerwohnung deiner Eltern. Du kannst froh sein, daß du mich bekommen hast.

FRAU BALZ Du kannst froh sein, daß ich dich genommen hab. Denkt nur an die Diäten und ans Lachhaft-Lächerlich. Schweinsbauch, Sulzgesicht.

HERR BALZ Alkoholikerin, aufgeschwemmte.

FRAU BALZ Erzähl nicht deine dürren Witze, pausenlos.

HERR BALZ Nur weil du sie nicht kapierst, sind sie lange noch nicht unfruchtbar, alle lachen.

FRAU SPREIZMOSER Wo, Spreizmoser, warst du denn so lange?

HERR SPREIZMOSER Wo soll ich viel gewesen sein. Kompromittier mich nicht.

FRAU SPREIZMOSER Hast du wieder im Haus herumgeschnüffelt?

HERR SPREIZMOSER Was redest du denn da.

FRAU SPREIZMOSER Immer, wenn wir wo sind, schleichst du durchs Haus und spionierst.

HERR SPREIZMOSER Auf dem WC war ich, quecksilbrige Person.

FRAU SPREIZMOSER Auf dem WC? Daß ich mich nicht übergebe. Mich würde interessieren, wonach du immer suchst?

HERR SPREIZMOSER Nach überhaupt nichts suche ich, bigottes Frauenzimmer.

Frau Spreizmoser Da haben wirs, Kompensationskomplexer, immer beleidigst du mich, stiehlst mir das Wort, die Schau.

Herr Spreizmoser Ich beleidige dich nicht. Deine Hippopothropie ist es, die dich stutenhafter macht, wie du von Geblüt aus aufbeschlagen bist.

Frau Spreizmoser Ich ein Pferd? Du machst mich doch dazu. Du Männlein-Nuß, Plumpsack-Knakker. Beleidige mich ruhig. Deine Freunde scheren mich doch einen Kinderreim.

Herr Spreizmoser Hältst du mir, daß ich Museumsführer bin, vor, privilegium minus Dulzinea? Meine Freunde? Das sind doch deine Freunde, die güldene Bagage. Oder.

Frau Spreizmoser Ich hätte, sage ich nur, Besseres verdient, an dir vergeudet sich mein Glanz, du Hirnschmalzgrind.

Herr Spreizmoser Du Tuschkasten-Tschinderassa-Tussi-Bum wärst doch nichts zu niemand nichts nicht fähig ohne mich.

Frau Spreizmoser Kotzwürfel, Gscheiterl.

Herr Spreizmoser Druidenfuß.

Frau Spreizmoser Wo, Spreizmoser, warst du dann so lange?

Herr Spreizmoser Wo soll ich viel gewesen sein. Kompromittier mich nicht.

Frau Spreizmoser Hast du wieder im Haus herumgeschnüffelt?

Herr Spreizmoser Was redest du denn da.

Herr Dumswohl Hast du wieder jedem meine Gastritis aufgedrängt?

FRAU DUMSWOHL Deine fortgesetzten Unterstellungen.

HERR DUMSWOHL Ja ist es denn nicht so?

FRAU DUMSWOHL Ich habe dich restlos satt, wird Zeit, daß du.

HERR DUMSWOHL Daß ich was? Abkratze, wolltest du wohl sagen. Willst.

FRAU DUMSWOHL Mir fehlst du nicht, und sonst auch keinem.

HERR DUMSWOHL Du, das sage ich dir, bist verantwortlich, du ganz allein, Haftelmacherin.

FRAU DUMSWOHL Na und? Ich freue mich jedenfalls.

HERR DUMSWOHL Wie kombiniert sich das mit deiner Heiligkeit, bärbeißige Osterglucke, Ganslebergesicht?

FRAU DUMSWOHL Alles verträgt sich besser als mit dir, du Metastasenscherz, eingeklapptes Hasenherz.

HERR DUMSWOHL Ich ein Hasenherz? Ich sterbe bald. Aber du hängst doch so an deinem Geißenleben wie der Küster an der Glockenschnur, Nabelschwein.

FRAU DUMSWOHL Ja, ja, lästere du nur, aber um dich, das verspreche ich schon jetzt, keiner weint dir nach.

HERR DUMSWOHL Und wer hat mich ins Grab geschwafelt, wenn nicht du, du Un- und Jedewetterziege. Deine Freunde sollen das ruhig hören.

FRAU DUMSWOHL Meine Freunde? Das sind deine Freunde, du Hanswurst. Hauptsache ich bin jetzt an allem schuld, aber das nützt dir nichts, Plapperstorch, deine fortgesetzten Unterstellungen.

HERR DUMSWOHL Hast du wieder jedem meine Gastritis aufgedrängt?

IX

Küchenlärm. Stille. Rosa kommt mit aufgeregter Gestikulation. Eventuell eine kurze Rauchschwade von der Bühnenseite. Alle sind still. Rosa und Frau Stenz folgt ihr. Beide ab, beide kommen aber sofort zurück. Rosa bleibt mit betretener Miene stehen.

FRAU STENZ Wo beginne ich und wie, wie konnte das geschehen. Der Braten. Seine Leggings sind geplatzt, jetzt gleicht er einem Rauchfangkehrer, der Body aus der Haut gefahren, diese angeschwärzt, verbrannt, zu nichts mehr gut, ein Kohlenkeller.

HERR BALZ Aber! Der Nachschub ein Abortus? Das verbiete ich. Verdammt.

FRAU SPREIZMOSER Gut, daß die Wurmbrands noch nicht in Sicht sind.

HERR DUMSWOHL Ich dachte, die wären im Rohr.

HERR STENZ Da kümmert meine eigene Frau sich persönlich eigenhändig selbst. Und was kommt fossil dabei heraus?

FRAU STENZ Und so ein schöner Lammbraten, attraktiv wie ein Naturgedicht, schaut jetzt polyester aus, wie ein stonewashed cornedbeef.

HERR BALZ Das darf nicht. Also sind wir mir nichts dir nichts auf Diät gesetzt. Ich verbiete es.

FRAU BALZ Mir, bitte, ist das nur recht. *Schenkt ihrem Glas nach.* Wir essen ohnehin viel zuviel zuviel. *Trinkt.*

Frau Dumswohl Dieses dauernde Gemampfe und Gepampfe. Man will ja nicht aus der Fasson. Immer wird was angeboten, Mast. Ich habe ja nur einen Engelsappetit, Gott sei dank.

Frau Balz Wie oft wir neue Wäsche brauchen, seien wir ehrlich, bloß weil die alte nicht mehr trägt.

Herr Spreizmoser Aus Fadesse und parlamentarischer Langeweile. Weil nichts aus uns herauskommt, stecken wir uns was hinein.

Frau Balz Uns?

Frau Stenz Fürchterlich, furchtbar, furchtbar peinlich ist mir das.

Herr Spreizmoser In unseren Magnaten-Mund.

Alle *außer Herr Balz und Herr Stenz:* Das braucht Ihnen nicht peinlich sein.

Herr Balz Und was gibt es jetzt. Dieser Ausreibfetzen da, Halawachel, Schaspanier, *auf Rosa deutend,* was gibt es vorzuweisen. Sprich, Küchenhilfen-Katastrophe, was hat Sie angerichtet, wie will Sie uns entschädigend verköstigen.

Frau Balz Aber die kann doch nicht reden, kann sie nicht.

Herr Balz Und ob die kann. Mein Trommelfell persönlich hat sie schon eine Ansprach halten sehen.

Frau Dumswohl Ich glaube auch, daß die nur zu faul ist, den Mund aufzutun.

Herr Balz Zum Reden zu hatschert und zum Kochen zu patschert.

Herr Stenz So sind sie, die hybriden Wesen ohne Grund.

Herr Spreizmoser Wenn du zum Braten gehst, vergiß die Beize nicht.

FRAU DUMSWOHL *zu Rosa:* Sie sind dran.

FRAU SPREIZMOSER Ja, sprechen Sie, bitte bitte.

HERR STENZ Das war ihr Einsatz. Sie sind jetzt dran. Los, Rosa, zeigen Sie, was Sie können. Sprechen Sie.

FRAU SPREIZMOSER Ja, bitte bitte, sprechen Sie.

Rosa öffnet den Mund und versucht zu sprechen. Außer vielleicht zwei, drei Stammellauten ist aber nichts zu hören.

HERR BALZ Jetzt machen Sie schon die Garage auf, sonst zieht man Ihnen von der Gage ab.

HERR STENZ Ja, sagen Sie jetzt endlich etwas. Demonstrieren Sie Gesinnung. Wir wissen konform, daß Sie das können.

Rosa versucht verzweifelt, aber erfolglos zu reden.

FRAU STENZ Mir ist das klassisch peinlich, aber Rosa kann wirklich nicht.

FRAU DUMSWOHL So, kann sie nicht? Vielleicht will sie nicht?

HERR SPREIZMOSER Mir klingt das auch pauschal unplausibel, beim heutigen Terrain der Technik.

FRAU SPREIZMOSER *nimmt ihrem Mann den Hörapparat:* Sogar mein Mann ist aufgerüstet. *Zeigt ihn herum.*

HERR SPREIZMOSER *laut:* Angelika, auf der Stelle gibst du das retour.

HERR DUMSWOHL Vielleicht hat sie auch nichts zu sagen. Reden ist ohnehin nur Hysterie.

FRAU DUMSWOHL *zu ihrem Mann:* Du hältst die Pappe. Kruzifix. Weil du der letzte bist, der sprachlich was zu bestellen hat.

Frau Balz Lassen Sie mal sehen. *Nimmt das Gerät an sich.*

Frau Stenz Und ich sage Ihnen bündig zweigeteilt, daß sie Reißverschluß ist, stumm.

Herr Spreizmoser *laut:* Geben Sie den Apparat zurück.

Herr Dumswohl Sprechen wir nicht alle viel zuviel. Das ganze nutzlose Gequake. Der Palaver da, daß es nur laut tut, dort ein Schwätzchen, etwas Small talk, ein Tratsch mal hier, Geplapper da. Und jeder glaubt, er hat etwas zu sagen. Nur eingeübte Sachen. Reden ist, ich sage es ja, nur Hysterie.

Herr Spreizmoser *laut:* Stimmt, das Wetter gehört desavouiert. Mal ein Donnerwetter, mal ein Mätzchen Wind, etwas Sonnenschein, dann wieder Nebel, Matsch und Regenzappenduster. Das Sonnenschwein ist desertiert. Alles undicht, alles grau, entweder Regen oder Hagel.

Herr Dumswohl Von zehn Millionen vielleicht einer, der wirklich was zu sagen hat.

Frau Balz Interessant, das kompensiert, wie drittes Gebiß nach einer Chemo-Therapie.

Herr Dumswohl Nur die Zähne fehlen.

Herr Spreizmoser *laut:* Man kann das gar nicht zählen, die ganze Regenpolonaise hier im Jahr.

Herr Balz Egal, ob sie jetzt stad ist oder was, um einen adäquaten Ersatz muß sie sich so oder so scheren. Und wenn sie Pizzas holen geht.

Herr Stenz Soweit wird es noch virulent.

Herr Spreizmoser *laut:* Ich freue mich schon korpulent auf schwimmen gehen und sonnen.

FRAU STENZ Die Wurmbrands.

FRAU SPREIZMOSER Stimmt, wo bleiben eigentlich diese Wurmbrands.

HERR BALZ Die bekommen, selbst wenn sie jetzt noch kommen, keine Gage mehr.

HERR SPREIZMOSER *laut:* Ja, sehr chevaleresk der Wettergott, mal für Sakko, mal für Sturmwams.

FRAU DUMSWOHL Ich mag von vornherein kein Fleisch, Leichenteile esse ich nicht.

FRAU SPREIZMOSER Fleisch macht dumm.

FRAU DUMSWOHL Fleisch macht aggressiv.

FRAU BALZ Vegetarierin? Elchgesicht. Rentiert sich das?

FRAU DUMSWOHL Ich esse doch keine Kadaver-Kandelaber, keine Ausgespusteten.

HERR STENZ Pflanzen haben fairerweise auch Gefühle.

HERR BALZ Steht für mich nicht zur Disposition, nämlich nichts geht mir über einen saftig ausgeschamten Braten als ein selbiger für sich, bitteschön.

HERR SPREIZMOSER *laut:* Stimme ich zu, der Abend ist wahrhaftig nett geraten, bis auf den Föhn.

FRAU BALZ Ach, unsere Gesellschaft ist ein Schabernak. Keiner weiß wofür, wozu. Grantscherben oder Schubiak. Alle im selben Egoistenpark. *Sie gibt Herrn Spreizmoser den Hörapparat zurück.*

FRAU STENZ Rosa, Vitriolersatz, Sie gehen in Ihr Küchenreservat und sehen sich nach einem Magendildo um, nach einem modisch, eleganten, schicken Aushilfsdinner.

HERR BALZ Aber fix, Sie Malifiz-Kalamität.

Rosa ab.

X

HERR DUMSWOHL Das Mensch? Die eine Hälfte sinn- und sachverwandt, der anderen einzureden, daß ihr abgeht, was an Synonymen sie zusammenmacht, um genug daran zu holen, daß sie sich leisten kann, was ihr die andere Hälfte eingeredet hat. Verstehen Sie das?

HERR SPREIZMOSER Nehmen Sie nur das Fauxpas. Wo wären wir, frage ich Sie ungebremst, ohne Fauxpas? Wo?

FRAU SPREIZMOSER Zu Hause.

HERR SPREIZMOSER Das eine Milieu Mensch ist angehalten, Fauxpas zu produzieren, die längstens nach zehn Jahren, allerlängstens, nicht mehr im Takt sind, Stock, nicht zweitakt, nicht viertakt, alle Patschen von sich, Schrott, woraus die andere Hälfte dann Ressourcen zieht, um erneut Fauxpas zu zeugen. Und alles emblematisch zur Vollbeschäftigung. Wozu? Um mit zu tun, dabei zu sein, wenn neue ins Metier gebrütet werden. Wer keinen Fauxpas macht, oder an der Herstellung desselben mitteilbar beteiligt ist, wirkt nicht, und wer nicht wirkt, braucht kein Fauxpastütü. Aber wer kein Fauxpastütü hat, ist nicht Mensch, nicht up to date, nicht Marktwirtschaft.

HERR DUMSWOHL Das Mensch? Die eine Hälfte sinn- und sachverwandt, der anderen einzureden, daß ihr abgeht, was an Synonymen sie zusammenmacht, um genug daran zu holen, daß sie sich leisten kann, was ihr die andere Hälfte eingeredet hat. Verstehen Sie es jetzt?

FRAU BALZ Unautonom, antiautoritär, nicht autark. Au-Tomaten, Au-Tortüren.

HERR SPREIZMOSER Die, die nicht in diesem Kreis verkehren, machen nichts, als das leibliche, geistige Zum-Wohl der Volant-Erzeuger zu jonglieren. Ringelspiel exorbitant. So hat jeder sein Zu-Tun, kommt sich Weißgottwas vor, extravagant. Aber wozu? Warum dieses Proforma, das soziale Perpetuum Petroleum?

FRAU SPREIZMOSER Wozu?

HERR SPREIZMOSER Daß alle Sinn erfahren, Patronanz, bis obenhin sich und keinen ohnehin gröberen Schaden anrichten, nicht sonst eine Bredouille sich andichten.

FRAU DUMSWOHL Und niemand vertraut mehr auf Gott.

FRAU BALZ Es herrscht die Gurtenpflicht.

HERR STENZ Der ist zuwenig autobiographisch.

FRAU DUMSWOHL Das kommt daher, weil alles männlich ist.

HERR DUMSWOHL Stellen Sie sich die Masse Monster vor, hätte nichts, käme sich und keine Ahnung. Also ich will nicht, wirklich nicht wissen, was dann wäre.

HERR SPREIZMOSER Sie sind ein Misanthrop, mein Bester.

HERR STENZ Trotzdem sind die Autofahrer die Melkkühe der Nation. Die Deppen für den Staatshaushalt. Nur fürs Blechen gut. Parkplatzgebühren, Bonus-Malus, Maut, die wahre Minderheit, und der Benzinpreis steigt und steigt und schweigt.

HERR BALZ Mich interessiert mehr, was da jetzt los ist, was aus der Prothesen wird. *Steht auf und geht Richtung Küche.*

FRAU STENZ Warten Sie, Sie Kaiserschritt, wir werden schon etwas aus dem Zylinder zaubern.

Beide ab.

Stille.

XI

Herr Stenz Wo bleibt eigentlich, wenn man schon vom Teufel spricht, unser Kfz-Werkstattbesitzer?

Frau Spreizmoser Man müßte zumindest anrufen.

Frau Balz Ach, die werden sich wo verpudern. Oder daß ihr Auto aufgeplaudert ist? *Lacht.* Das ist wie der Vorfall mit dem Koch, oder genauer wie der mit dem Busch-Lauffeuer, oder noch genauer wie die Sache mit dem Bus-Chauffeur, es hat etwas davon. *Paralleldialog. Gleichzeitig sprechen die Frauen und die Männer zuerst über Herrn Wurmbrand, dann über seine Frau.*

Herr Dumswohl Dieser ordinäre Mensch, immer, alles, was er sagt, ist zweispurig.

Herr Stenz Der glaubt halt immer noch, daß er ein Champion-Adonis ist.

Herr Spreizmoser Was, der mit seinem verwutzelten Teenager-Gesicht? Ein ergrauter Dorian Gray ist das, ein zyklothermer Typ, ein Metternich.

Herr Dumswohl So ein richtiges Pobacken-Gefries hat der *Geste* und dann diese schmierigen, blond gefärbten Haare. Widerlich.

Herr Stenz Was erwartet ihr von einem Kfz-Werkstattbesitzer?

Herr Dumswohl Nicht nur, daß er Körndlfresser ist. Ißt seine Bumskörndel, seine Dingskörndel, springt auch mitten unterm Essen auf, ein permanenter Interruptus. *Hustet.*

HERR SPREIZMOSER Coitus interruptus permanentia.
Zwei, drei kurze Stöhner sind zu hören.
HERR STENZ Was war denn das?
HERR DUMSWOHL und HERR SPREIZMOSER Was? Das, da war doch nichts.

FRAU SPREIZMOSER Wenigstens hat er Geld.
FRAU BALZ Geld hätte er, Mammonmeter.
FRAU DUMSWOHL Ich finde ihn sehr galant, er erinnert mich an einen Nuntius.
FRAU SPREIZMOSER So eine charmante Art.
FRAU BALZ Der weiß, was sich gehört.
FRAU DUMSWOHL Dagegen gibt es nichts, immer zuvorkommend und immer nett.
FRAU SPREIZMOSER Ich finde ihn auch fesch, zumal er Geld hat.
FRAU BALZ Die Haare so nach hinten, mir gefällt das auch.
FRAU DUMSWOHL Daß sich der mit seiner Tussi aufgibt?
FRAU SPREIZMOSER Schade, daß er noch nicht hier ist.
Zwei, drei kurze Stöhner sind zu hören.
FRAU BALZ Was war denn das?
FRAU SPREIZMOSER und FRAU DUMSWOHL Was? Das, da war doch nichts.

FRAU BALZ Dagegen seine Frau? Ein Trampel Ottakring.
FRAU SPREIZMOSER Eine Zimtschnecke, hat bestimmt Cerasil in den Adern.

Frau Balz Kagran und geizig, spart was sie nur kann, der Kranich.

Frau Dumswohl Stimmt, deswegen leidet sie auch an Verstopfung.

Frau Spreizmoser Nicht daß ich sie schlechtmachen will, aber die Wurmbrandin zieht kein Kleid zweimal an, und wie sich die das Maul zerreißt, und wem die alles neidig ist.

Frau Balz So sind die Döbling-Millionäre.

Frau Dumswohl Die Gattinnen speziell.

Frau Spreizmoser Und wie sich die das Maul zerreißt, und wem die alles neidig ist.

Zwei, drei kurze Stöhner sind zu hören.

Frau Balz Was war denn das?

Frau Spreizmoser und Frau Dumswohl Was? Das, da war doch nichts.

Herr Dumswohl Sie dagegen, tadellos.

Herr Stenz Dagegen läßt sich wirklich nichts nicht sagen.

Herr Spreizmoser Nicht ohne Schick, nicht ohne Schnack. Im Nimbus ganz Hypermastie, und überhaupt gar nicht bigott.

Herr Stenz Daß sich die mit dieser Kapuzinergruft begnügt?

Herr Dumswohl Die mit der Figur.

Herr Spreizmoser Extraordinär im Körperbau, ränkevoll und makellos, goldene Bulle, ausgewogen im Ensemble, in der Reprise engagiert, ein Palais an Noblesse, facettenreich und Stoffwechselanneliese, keß. Welch Bombardement an Sexappeal?

HERR STENZ Das ist ein Hangar voll Propeller.
HERR DUMSWOHL Und nebenbei noch fesch. Eine Idealismus-Reinkarnation.
Zwei, drei kurze Stöhner sind zu hören.
HERR STENZ Was war denn das?
HERR DUMSWOHL und HERR SPREIZMOSER Was? Das, da war doch nichts.
Ende Paralleldialog

HERR DUMSWOHL Aber am schlimmsten sind die Kinder.
FRAU DUMSWOHL Kinder? Kleine Monster sind das. Schauen plemplem und machen einen Mordsradau, man müßte ihnen die Fanfare blasen, also, wenn ich was zu sagen hätte, denen würde ich es zeigen, diesen Quäkern. Eine links, das Grinsen würde ihnen schon vergehen, eine rechts, schon könnten sie gerade sehen. Die Ohren lang, vorn einen Tritt, eine in den Bauch, den Bälgern, eine hinten rein. Eine links und eine rechts. Gemma. Ich mag ja Kinder prinzipiell. Aber bei denen, wenn man mich ließe, reden nützt da nichts.
HERR STENZ Jetzt muß ich einmal.
FRAU BALZ *leichte Betrunkenheit setzt ein und wird bis zum Ende des Stücks immer deutlicher:* Austreten? Daß ihr Männer es nicht aushalten könnt? Nichts. Ich hab einmal einen Verehrer gehabt, der war Masseur und Badewaschl. Nimm ihn, hat meine Freundin gesagt, welcher Mann kann schon kochen und massieren, aber der, ich sage es euch, dabei hat er noch nicht einmal getrunken. Vielleicht, vielleicht hätte ich ihn sonst genommen.

XII

Herr Stenz steht auf und geht Richtung Bühnenabgang, trifft aber auf den zurückkommenden Balz, der eine Karotte und einen Becher Sauce Tatar in Händen hält und davon ißt. Der folgende Dialog wird von sehr langsam bis zur Emphase in Lautstärke und Tonfall gesteigert. Dazwischen servieren Frau Stenz und Rosa diverse Saucen, streifenförmiges Gemüse und längliches Knabbergebäck.

HERR STENZ *seine Gestik steigert sich und könnte auch darauf hindeuten, daß er Herrn Balz an den Kragen will. Die Erwiderungen in Klammern spricht Herr Balz, der nicht recht weiß, woran er ist:* Aha, Karotinus für die Augen? (Ja. Scheiß mit Reis ist a a Speis.) Wir waren, Sie entschuldigen, auf diesen Zwischenfall nicht eingestellt. Meine Frau und ich. (Jaja.) Unsere Tiefkühltruhe hat sich selbst dem Garaus übergeben, jetzt leben wir quasi vom Kühlschrank in den Mund. (Aha.) Meine Frau und ich. Erst vorige Woche sitze ich schamhaft vorm Fernsehschirm, es läuft das Länderspiel. (Aha.) Sie haben es gesehen. (Ja.) Am anderen ein Strip. (Genau.) Nichts zu essen war im Haus. (Nein!) Tatsächlich ja, Sie haben das Spiel gesehen? (Ja.) Sie interessieren sich dafür? (Ja, sehr.) Also, wie der den Paß abstreift, (ja) mitten in die Gasse, (ja genau) und elegant den Tormann überlupft (sagenhaft), das war vielleicht ein Spiel (phantastisch), so körperbetont, und dann die Szene wo, Sie wissen ja, schlägt an der Grenze ein Stelldichein (jaa), geht aus der Distanz (jaa), Stöckelschuh, probierts, von der Latte prallt der Ball zurück (kein Glück), der Strumpfhalter hätte keine Chance gehabt (nie), das Gerangel dann, Laufmaschen hin und her, ein Unsriger erwischt den Ball (jaa), probierts (wunderbar), und wieder nichts (kein Glück), daneben, aber knapp. Der Tampon hätte keine Chance gehabt (nie), erneut (und nimmer). Und dann läuft vor der Pause der (genau), längst hätte abgepfiffen werden müssen (lang), der Stürmer ganz allein (leidlich), hat sich durchgetankt, geboxt, ich hab Entblößung gesehen (ich auch), außerdem, zwei Meter stand der im Abseits (mindestens), und unser Libero (der), was macht er (was), schläft, der Büstenhalter aber (spitze), elegant und todesmutig (keinen Grausen), wirft sich Harakiri (enorm), Sie erinnern sich, streift ihn ab, mit den Fingerspitzen noch (genug), sonst wäre er im Netz (leicht). Erst die zweite Halbzeit dann (unglaublich), was sagen Sie (monumental), ich hab derartiges noch nie gesehen (nein, nie). Dieser Sturmlauf (exorbitant), diese Kurvenform (titanisch), 28 zu eins (das Eckenverhältnis), wenn ich mich recht erinnere (präzise), der Gegner hatte nicht den Funken Hoffnungsfunken einer Chance (nix), wie sie immer wieder da (immer), die Flanken raufgelaufen kamen (gewaltig), was meinen Sie (übermenschlich), das war nur noch (nur) eine Frage nach der Zeit (höchstens), den Ball hereingegeben (ja), Lattenpendler (pausenlos), dann das elferreife Foul (blieb ungeahndet), der Stangenschuß (fatal), das Höschen, ich habe ihn schon drin gesehen (ich detto), dann gibt der Regisseur den Freistoß nicht (der Fetzenschädel), das wäre (ja), was denken Sie (natürlich), die Gelegenheit gewesen (hundertmal), sogar der Strumpf ging mit (gigantisch), und immer wieder diese Flanken (unentwegt), wie die die Seiten aufgerissen haben (herrlich), immer in den freien Raum (brillant), ein richtiges Jahrhundertspiel. Eine Traumfigur. (Nur zum Schluß schießen die anderen.) Das war Pech. (Ja, gar nicht der Rede wert.) Ein Tausendguldenschuß, ich aber, was viel schlimmer war, hatte nichts zum Knabbern mehr im Haus. *Lacht.*

Herr Stenz ab. Herr Balz nimmt auf Stuhl 7 Platz.

XIII

Alle knabbern.

HERR SPREIZMOSER Ein Künstler kümmert immer sich, wenn er kein Parvenü ist, um die Gegenwart.

HERR DUMSWOHL Im Gegenteil, ein Künstler scheißt, das sage ich absichtlich, auf seine Gegenwart.

FRAU DUMSWOHL So?

FRAU BALZ Wer, wer ist denn dran? Was?

FRAU DUMSWOHL Jetzt geht es um die Künstler, das ist abgemacht.

FRAU SPREIZMOSER Hatten wir das nicht bereits? Wann komm ich denn dran?

FRAU BALZ Was denn, was, soweit sind wir schon?

FRAU SPREIZMOSER Also für mich wird es bald Zeit.

FRAU BALZ Was denn, was, jetzt schon?

HERR DUMSWOHL Der Künstler muß seine Zeit beseitigen, darf sich nichts dreinreden lassen von Laien, Dilettanten, die kein Begreifen greifen und kein Leiden leiden.

HERR BALZ *singt:* Drüben hint, ich horche / kotzt ein Reihermann / und mit starrem Finger / dreht er was er kann / blaß in dieser Schneise / schwankt er hin und her / und sein kleiner Magen / bleibt für immer leer.

HERR SPREIZMOSER Verstehen ist komplex, tief ist sein Bassin, als Chimäre ungezähmt.

HERR DUMSWOHL Ein Künstler ist ein freier Mensch, Idealist und selbstbewußt.

Frau Spreizmoser Hatten wir das nicht bereits? Mir kommt das so bekannt vor. Wann komm ich denn dran?

Frau Balz Ich habe Wagner jahrelang, schon wegen dem Kräuseldraht des Backenbarts, jahrelang habe ich den nicht, nicht seine Ochsenblutundhoden-Romantik, seine schwarzverschalte Walhalla-Welt.

Herr Balz Und seit wir im Bellaria-Kino.

Frau Balz Hinreißend. Was sage ich. Überwältigend.

Herr Balz Der tägliche Walkürenritt durchs Wohnzimmer.

Herr Dumswohl Ein Künstler hat sich vom System nicht untertauchen lassen, vom Windischgarsten, hat von klein auf aufbegehrt, Klagenfurt, Gerloß geschnappt, Meinung kundgetan am Völkermarkt, nicht Preßbaum in die Hose, nicht geschissen.

Frau Balz Dann sind Sie aber gescheit gescheitert. *Lacht.*

Herr Balz Cacarella. Künstler scheißen sich genauso an. Was buckeln die und kriechen Golem, robben Prominenzen in den Steiß, potentiellen Käufern, Kuratoren in die Untergatti Caligari. Potent. Aber alle gleich.

Frau Spreizmoser Wer ist die Bellaria?

Frau Balz Ein Kino.

Frau Spreizmoser Was?

Herr Spreizmoser Nicht Raymond Queneau. Ein Balkon der Präsidentschaftskanzlei, für eine tuberkulose Prinzessin gebaut. Bell Aria. Gute Luft.

Frau Balz Und ich dachte an die schöne Laria, dachte ich. *Lacht.* Eine Operettensoubrette.

HERR SPREIZMOSER Annoch das Quartier der Sowjets sowieso.

Stille.

Herr Stenz kommt und setzt sich. Alle sehen ihm zu.

HERR DUMSWOHL Man muß seine Umgebung untergraben. Man ist ohnehin zu überheblich, denkt, man lebt. Glauben Sie nicht auch, daß man sich und seiner Zeit und seiner Zeit und sich, was sind wir denn?

FRAU DUMSWOHL Wir werden daran nichts verändern können. Sogar wenn wir an die Reihe kämen. Nichts. Hier kommen ja nur die Männer dran. Die Frauen spielen blöde Rollen. Das ist immer so. Immer ist das so. Wir werden abgetan. Müssen dumme Sätze sagen, stottern, das Blöde verkörpern wie das Geile. Die Machowelt bestimmt den Ton, gibt an. Wir werden daran nichts verändern können. Sogar wenn wir an die Reihe kämen.

HERR DUMSWOHL Existieren wir überhaupt, gibt es uns?

XIV

Ein lauter Krach ist zu hören. Das Geräusch quietschender Bremsen und zusammenfahrender Autos. In hysterischer Aufregung stürzen alle bis auf Herrn Balz zum linken Bühnenabgang. Stille, später Rufe, Schau mal da, etc.

HERR BALZ Nichts, ich bin jetzt dran, nichts als ein hysterischer Haufen. Bazillenstauseen. Immer ans Versäumen denkend, daß uns was entgeht, anstatt no na zu sein, froh, nichts zu erfahren, wollen pathologisch wissen, was ist da passiert und wem mit was und wer mit wem und wo. Daß uns was entgeht, ist unsere größte Sünde, daß wir no na was versäumen könnten, fürchten wir wie Aids. Nichts, ich bin jetzt dran, nichts als Plücher, Neugierdsnasen, die sich überall in alles stierln, kuhaugtrüb, daß ihnen das Versäumen nicht entgeht. No na, was kann schon passieren, wenn es wo kracht? No? Na? Irgendein Mieselsichtiger ist mit irgendeinem anderen Schasaug, über die Regeln uneinig, die Ordnung jeweils und für sich auslegend, halt, bis auf den letzten Augenblick zuwartend, die Beläge prüfend, irgendwie ins unfallstatistische Quircks gekommen. No na. Und schon hat es gescheppert. *Tunkt eine Karotte in Sauce, beißt ab und geht den anderen hinterher.*

XV

Stille. So lange wie erträglich bleibt die Bühne leer, eventuell bis im Publikum jemand klatscht, dann tritt Rosa auf. Ihre erste Bewegung kann einer Verbeugung gleichen. Erstaunt und ratlos beginnt sie, die Gäste zu suchen (unter dem Tisch, in den Gläsern, etc.). Achselzuckend geht sie wieder ab. Die Bühne bleibt noch einen Augenblick leer. Sirenengeräusch.

XVI

Alle treten auf und sprechen durcheinander.

HERR STENZ Ob der tot ist?

FRAU SPREIZMOSER Gestorben könnte er sein?

FRAU BALZ Aber aber, geh, Frau Spreizmoser, so ein bißchen ein Blut hat noch keinen was entprivatisiert.

FRAU DUMSWOHL So ein bißchen ein Blut? Da, der hatte einen Schnitt da durch. Ich habe es gesehen. Der Kopf, der stand nicht mehr, der hing. Da war Blut und da. Hier hingen Adern raus. Das Fleisch war offen da. So ein bißchen Blut?

HERR DUMSWOHL Hat ihn wer gekannt? Was? – Keiner hat ihn gekannt, niemand, nix. Was kümmern wir uns dann da darum? Was?

FRAU SPREIZMOSER Tatsächlich? Gestorben könnte er sein? Schockierend.

HERR STENZ Ich war im Internat. Für mich gibt es nichts Neues mehr.

FRAU SPREIZMOSER Im Internet?

FRAU BALZ Ach, wunderbar, einfach phantastisch, ach. So ein Schepperer ist schon was herzlich Schönes. Mir wird direkt warm ums Herz. Bums und es ist ungeheuerlich, Wums und das ist wunderbar. Mir wird direkt warm ums Herz.

HERR STENZ *die Spreizmoser betastend:* Man soll sein Leben genießen. Solange man noch zu einem Handkuß kommt.

Herr Dumswohl Millionen, täglich sterben Millionen, nein Abertausende, Hunderte, nein Dutzende neben uns, unter uns, über uns, in uns, sterben ab wie Buchstaben. Plop, brennen durch, einfach so. Man knipst den Schalter, aber es kommt kein Licht mehr. Und? Was kümmert's uns. Wir setzen neue ein – vergessen es.

Herr Spreizmoser Abtreten, zischelt aus seinem Kasten der Souffleur, verschwind, Adepten denken nicht ans garstige Nessushemd, Jesusmaria sind wir protegiert, also kommen wir auch wieder.

Frau Stenz *ihn betastend:* Aber in der Erinnerung? Hühneraugenzieher. Wir pflanzen uns doch in der Erinnerung unserer Lieben weiter? Schminkkassette, Hornhautentferner. Wir kommunizieren seelisch fort, wiegen auf, sterben nicht. Wozu sonst das Zahnputzset und die Enthaarungscreme? Und wenn, dann kommen wir doch wieder. Warum sonst Massagegürtel, Trimmgerät? Ich bin dran.

Herr Dumswohl Nix. Kein Nekrophilen-Sex. Wir verschimmeln. Und es bleibt auch nichts. Wiedergeburt? Nix. Und es bleibt auch nichts.

Herr Balz Wir verfaulen innerlich. Von innen her, vom Kern. Unser Körper, unser Fleisch, nichts als Jauchegrube, Müllverbrennungsdeponie, die totes Fleisch noch toter macht. Von innen her verfaulen wir. Vom Kern. Ein Materialienumschlagplatz, worin irgendwo das Seelchen schmatzt. Sind wir mehr? Eine wurmzerfressene Substanz? Schwären voller Karzinome, Polypen, eine Havarie-Substanz, wunde Schäden, ausschließlich ramponiert, das

Fleisch Verschleißkulanz. Sind das nicht wir? Eine Lädiertheit wesentlich, Mangel, unser Wesen und darin eingespannt das Mensch? Mehr sind wir nicht.

FRAU SPREIZMOSER Hören Sie auf, hören Sie, mir wird schon schlecht.

HERR BALZ Aber! Können Sie die Wahrheit nicht? Machen Sie keinen Bahö. Nicht nur Ihnen wird, auch Sie, schauen Sie sich an. Stehen jetzt noch da, unverbraucht, noch nicht viel verdorben, und denken, daß diese Blüte ewig, diese Marillenhaut?

FRAU SPREIZMOSER Hören Sie auf, hören Sie, mir wird schon schlecht.

HERR STENZ Ja, übertreiben Sie es nicht.

HERR BALZ Ich und übertreiben. Bitte Sie. Schauen Sie mich an. Was kann ich noch übertreiben? Die Wendung verliert den Euphemismus, da hilft kein Schönreden mehr und kein Korsett, die Zähne fallen weg, die Haare mit. Was denken Sie, wie's den Organen geht? Eingeschrumpelt und Rotznasen verzogen, mit Rückständen verstopft, eingetrankelt und siphonverlegt, aus Guß.

FRAU SPREIZMOSER Hören Sie auf, beschwöre ich Sie, mir ist schon schlecht. *Übergibt sich beinahe und geht schnell ab.*

FRAU STENZ Warten Sie, ich helfe Ihnen. *Faßt sie unterm Arm und gibt ihr beim Hinausgehen einen Ellbogenstoß.*

FRAU SPREIZMOSER *kotzt fast:* Au.

FRAU STENZ Beruhigen Sie sich.

FRAU BALZ Ich auch, ich mußte ohnehin.

FRAU DUMSWOHL Wenn das so ist, weiß ich, was sich jetzt gehört, schließlich habe ich eine Ursulinenerziehung überlebt. *Alle Frauen ab.*

XVII

HERR SPREIZMOSER Da grassiert etwas, grimassiert es fort, das Gremium der Gattinnengesellschaft.

HERR BALZ Trauern Sie ihr nach?

HERR STENZ Was gibt es Schöneres, Reizenderes, was das Herz mehr flattern macht, verschmitzt die Innenfläche jeder Hand als das Präsent dieser Präsenz, die Gegenwart mit Damen?

HERR BALZ Die damit hippodamische?

HERR SPREIZMOSER Gruppenbild mit heidnischem Geröll.

Alle setzen sich. Herr Stenz auf Stuhl 1, Dumswohl auf 2, Spreizmoser auf 3, Balz auf 4. Während der ganzen Szene bohrt Herr Stenz in der Nase oder auch heimlich im Arsch, drückt sich Herr Dumswohl Pikkel aus, kratzt sich Herr Spreizmoser und putzt sich seine Fingernägel. Herr Balz stochert mit einem Zahnstocher in seinen Zähnen.

HERR DUMSWOHL Mir ist tausendmal, und ich übertreibe nicht, tausendmal ist mir ein Waldspaziergang lieber als das Gesicht meiner gebeizten Hochliebreizenden gespreizt.

HERR STENZ Jetzt sind sie ungerecht. *Holt einen Pin-up-Kalender aus einer Tischlade und blättert darin. In weiterer Folge wird der Kalender von allen bestaunt. Die Texte in [...] beziehen sich auf die dort abgebildeten Mädchen.*

HERR DUMSWOHL Man muß ungerecht sein, um der

Welt gerecht zu werden. [Mhmm.] Vom Potential her ist das gar keine richtige Party. Sonst steht immer eine aus einer Mischung von spontanem, Alkohol infiziertem Exibitionismus und sie plötzlich überwältigender Larmoyanz auf und plötzlich tanzend auf dem Tisch – splitternackt.

HERR SPREIZMOSER Was anderes ist das Mirabell der Liebe als Versailles-Zement auf Mauerwerk, Stift Melk [da, herrlich], dessen Verschleißerscheinungen uns täglich sich vor Augen führt und Schründe offenlegt, jeweils das Tiefere von einer restaurierten Schicht, wir haben es zu nichts gebracht, Pfusch, zu nichts.

HERR STENZ Sie haben es nötig.

HERR BALZ Mir, beim Arsch ist mir mein Blunzen-Krampus lieber als Waldspaziergang-Wadenkrampf. Was gibt es beim Gehen auch schon zu sehen? [Schöne Krapferln] Erstens alles Nebel, zweitens der Wind, Wien kommt übrigens davon, die Kälte außerdem. Ein Jahr lang Wintermonarchie. Da will ich doch nicht. Niemand, der sich noch halbwegs beisammen hat. Die Naturfexen nicht mitgezählt. Mir kann die gestohlen bleiben, die Natur.

HERR DUMSWOHL [Gott hat die Morcheln.]

HERR STENZ Sie trennen etwa sonder nicht von samt, so von etwas, Verbindungen mit sein und haben, werfen nichts auf den Kompost? Im Rasierschaum Treibgas, ich kenne das, sammeln kein Altpapier, kein Glas, gestehen Sie es, nichtabbaubare Mittel. Sie verwenden das, verschwenden die Tier- und Pflanzenwelt. Werfen Getränkedosen weg? Ein Umweltsittenstrolch, ein Strauchdieb, das sind Sie, ein Weltzechpreller, Scheckbetrüger, Bauernfänger. Wissen nichts von Gletscher [Himmel], Firn und Pistenfreuden. Vom Hui-Hinunterwedeln.

HERR DUMSWOHL Was? Das mögen Sie? In nässefestem Kunststoff eingeschweißt, bis oben eingeleimt mit Sonnenmilch, Reflektorbrillen und Pflug hinunterrutschen, daß das Zahnfleisch blankt, das ist doch kein Freizeitspaß, Stunden auf den Schlepplift stehen, daß einem abends nur das Kreuz fällt ein und weh es in den Füßen tutet, und erst im Kopf, wo es brausend Tausend brennt und mordio. Die Hoteliers verdienen sich daran noch fest, singen vulgär Holldrio.

HERR SPREIZMOSER Vulgo feister semitischer Wucher. [Glattrasiert sind sie mir am liebsten.]

HERR BALZ [Mir auch. Dieser Brunzbuschen oft, ich weiß auch nicht, ich mag den nicht.]

HERR STENZ Und Kricket, Krocket, querfeldein, körperliches Halali generell? Sonst fühlt man sich doch abgetakelt, so gar nicht recht bei Sicht, abgesoffen, dürftig und wahrhaftig nicht.

HERR BALZ [Mit der Fellatrix da einen 69er, das wär cunnilingenial.]

HERR SPREIZMOSER Das heißt jetzt 96er.

HERR BALZ Von mir aus kann sie ex gehen, die Natur. Kümmert mich nicht wirklich, soll schauen, wo sie bleibt. Alles zubauen, von mir aus, wegbetonieren, zu, das Grün gehört geteert, gefedert, zugeschissen, skalpiert das Grünzeug, weg. Von mir aus auf den Mond damit, denaturalisiert, eingesintert, mit Eisen emailliert. Sport ist Harakiri. Natur ist garstig, sticht. Resistente Mücken, renitente Fliegen, Remmidemmi-Käfer, Tbc, daß man sich Tollwut holt, Staupe oder Zecken. Natur ist dreckig und nicht angenehm. Man tritt sich etwas ein, holt sich Allergien. Pfui Teufel. Von mir aus kann sie ex gehen, hops.

HERR DUMSWOHL Recht so, Sie haben es. Uns, dem kleinen Mann, die Schuld zuschieben, nein, das ist augenscheinlich Augauswischerei, eine Quelle für Faschismus. Ein Born Imperativ.

HERR STENZ Fetischismus.

HERR SPREIZMOSER Faschings-Simpeln.

HERR DUMSWOHL Faschismustümpel, der uns niederhält. Der vielgerühmte Wiederaufbau. Du sollst, du mußt, und nicht zuwiderhandeln, Nylonstrumpfromantik, wehe dir, du hast zu tun und wehe, wenn nicht, dir. Und alles hat nach den Schenkeln der Conny Froboess geschmeckt. Scheißdreck, den muß man. Kümmern auch. Alles teflonbeschichtet. In was leben wir, daß man das Individuum für dumm vermöbelt? [Die möchte ich mal treffen.] Der vielgerühmte Wiederaufbau. Von den Nazis die Strukturen.

HERR BALZ [L'amour. Das ist ein Mörderhas.]

HERR SPREIZMOSER L'age d'or heißt das. Fadenschein. Dieses überbewertete fatale Sein, dieses selbstredend Sich-Selbstverwirklichen. Ich weiß nicht recht. Immer der einzelne, borniert bis oben ohnehin, wie alle anderen sein will, muß, und doch er selbst. Ich bin da mehr für Transparenz, Exekutive und Ordnungssinn, dafür daß es Schlagbaum gibt, Paragraphen-Parameter, kein Pardon.

HERR BALZ Einen Baum aufstellen?

HERR SPREIZMOSER Wo kämen wir denn hin, wenn jeder anarchistisch nur sich selbst parat, Schlagschaum, parteiisch par excellence parliert und weiter gar nicht zählen kann, da bin ich doch für patente Partnerschafts-Ressentimente, pauschale Pauspapierdurchsichtigkeit.

Kurze Pause.

HERR STENZ Sind Sie Sozialist?

HERR SPREIZMOSER Bitte Sie. Also wirklich, also. Kein Proporz.

HERR DUMSWOHL Apropos, was meinen Sie, gestern der Minister?

HERR STENZ Peinlich, richtiggehend ungalant.

HERR BALZ Wie der schon spricht. Immer zieht er so den Fotz nach oben, so, [wie die die Beine spreizt], so als ob er Arteriosklerose hätte.

HERR DUMSWOHL Außerdem schaut er so unentwegt unbewegt immer aus der Kamera, ganz weggetreten, daß man der hat einen sitzen denkt. Trara. Als litte er an Entropium.

HERR STENZ Daß man sich schämen muß, dieser äußerst unvorteilhafte Haaransatz, die banale Warze an der flauen Wange, daran Haare, widerlich, daß so ein Surm Minister wird? Wenn er zumindest, die haben ja, wie ich meine, und ich weiß das, nichts zu tun, daß der sich nicht einmal, könnte sich doch auch herrichten lassen wie ein Köder Mensch, ein Unsereiner. Nein?

HERR BALZ Immer hat man auf der Zunge, der verheimlicht was. So als hätt er was im Mund. Und

Leute, die nicht schlucken können, hab ich von vornherein gefressen. [Die könnte es, von der ließe ich es mir gefallen.] Ständig denkt man, der kaut doch noch an was.

HERR SPREIZMOSER Und wie das Sprechen selbst, der nuschelt nicht nur, sondern blutscht, *imitierend:* zwischen zweiundzwanzig Zähnen zwitschern Zwetschkenzwitter zwiespältig, *wieder normal:* daß so etwas Minister wird, Sektionschef, wird bestimmt wieder gewählt, einen schweren Zungenfehler, zuzüglich das S, das kann er nicht, der Mauerhecht, so einer vertritt das Land, versulzt, fuchtelt mit den Händen Hühnerstall, ich mag ihn nicht, zudem die Warzen-Secession auf seiner Wange, daran Haare, fürchterlich.

HERR BALZ Man sitzt beim Fernsehen und denkt nichts, freut sich auf ein super Souper. Brötchen angestrichen, Leberwurst und Lachs, Mayonnaise obenauf, Mozarthoden und et cetera, schon kommt ein Negerbabybauch, der Krieg, das halt ich aus, da bin ich schon immun. Aber kommt dann der, ist es bei mir aus, keinen Bissen bringe ich dann noch unter, wenn der sein Schirmgesicht aufspannt, vom Ressort was nieselt oder zum Budget. Oje. So riesengroße Raucherporen, als wäre seine Haut voll Mitesser, die mag ich nicht, schon aus Prinzip. Dann dieser Pfrnak, grauenvoll, wie da die Haare heraustoben, wie aus dem Steiß einer mehrheitlich behaarten Ostblock-Turnerin, und erst die Zähne, die reinste Slumsiedlung, da fällt mir wieder einer ein. Passen Sie auf. Ein Brasilianer, erstmals in Europa, sieht die Schrebergartenhäuschen, ist ganz begeistert, sagt: Wirklich sauber das Europa, wirklich nett, sogar die Elendsviertel sind gepflegt. *Lacht.* Gut, nicht. Die Elendsviertel.

XVIII

Die Frauen kommen gemeinsam zurück und stehen während dieser Szene neben dem Tisch in einem Lichtkegel. Die Männer reden zwar weiter, nun aber leise, das sie beleuchtende Licht wird weggedimmt. Der Pin-up-Kalender wandert beim Erscheinen der Frauen schnell wieder in seine Lade zurück. Frau Stenz tritt mehrmals nach Frau Spreizmoser oder versetzt ihr einen Rippenstoß, worauf regelmäßig die eine ›Au‹ sagt, die andere ›Entschuldigung‹.

FRAU STENZ Ich habe immer geträumt von einem schwarzen Extravaganten mit braunen Tanga-Augen und schwarzem Levante-Schnurrbart und vielen Haaren. Und was habe ich bekommen? Einen Pyjama-Blonden, was ich nie leiden konnte. Einen Pflegeleichten. Ich konnte blauäugig und dessertblond nie leiden, das waren für mich lauter Vanille-Schwuchteln, waren das. Ich habe immer geträumt von einem schwarzen Extravaganten mit braunen Panther-Augen und schwarzem Ethno-Schnurrbart und vielen Haaren.

FRAU BALZ Und was, was hab ich erwischt? Blond ist er nicht, groß ist er nicht, cool ist er auch nicht, noch nicht einmal witzig ist er, eine einzige Fehlbesetzung. Den Verehrer hätte ich nehmen sollen, den Masseur und Badewaschl.

FRAU DUMSWOHL Ich möchte endlich dem Mann begegnen, der mich von dieser Welt befreit.

FRAU STENZ Dem Schwarzenegger?

FRAU BALZ Umgekehrt wäre der ein Mörder.

FRAU SPREIZMOSER Der Schwarzenegger?

FRAU BALZ Der, der sie von dieser Welt befreit.

FRAU DUMSWOHL Einer der Mohammed und Votan in Personalunion ist. Der Mann, dessen Lebensmittelpunkt ich bin.

FRAU BALZ Den Jesus?

FRAU DUMSWOHL Warum nicht.

FRAU BALZ Ein Taxifahrer hat einmal, daß der ja kräftig war, gesagt, war ja nachgewiesen Zimmermann, ein großer, kräftiger Mensch war das, hat er gesagt, kein Wunder, so als Schöpfer-Filius, und vom Typus her ganz der Schwarzenegger. Einen Zniacht wird er herunterschicken. Einen Hyposomen. Blamiert er sich.

FRAU STENZ Ein menschgewordener Dampfbügelautomat, eine Globusbar auf Rollen, Klingonenschatten, Wandbehang. Das ist ein Selfmademan, der Arnold, eine Gartenmöbelsilhouette. Aber mit Charakter. Der hat Ausdünstung. Ein Warenhaus an Menschlichkeit.

FRAU SPREIZMOSER Und ich hab immer mit einem Untersetzten spekuliert, und jetzt hab ich einen Beinahe-Leposomen.

FRAU STENZ Und mein Karl hat auch Schuhgröße 46. Raclettetreter. Und man sieht ihm das nicht an, er aber hat sie.

FRAU BALZ Und was, was hab ich gekriegt? Blond ist er nicht, groß ist er nicht, schlank ist er nicht, cool ist er auch nicht. Nicht? Millionär ist er auch keiner, noch nicht einmal witzig ist er, ein parzischer Verpatzer, Justizirrtum, ein Pfusch der Vorsehung.

FRAU STENZ Aber treu ist er zumindest?

FRAU BALZ Zu bequem zum Seitensprung.

FRAU DUMSWOHL Mein Egon schaut keine andere an. Wenn der eine andere anschaut, hat er sofort eine über.

FRAU SPREIZMOSER Mein Raoul dreht sich zu jeder Kleingewachsenen um. Besonders wenn sie schwarz ist, solche Wuckerlhaare hat – so eine Nase, das gefällt ihm, da dreht er sich um. Sonst ist er eh eher angelsächsisch. Aber da dreht er sich aber um. Und sagt zu mir, dem entsprichst du nicht. Aber ich bin dran. Nach jeder Kleingewachsenen dreht er sich um. Besonders wenn sie schwarz ist, solche Wukkerlhaare hat und so eine Nase, das gefällt ihm, da dreht er sich um. Sonst ist er eh eher ein Anglerblut. Aber da dreht er sich um. Und sagt zu mir, dem entsprichst du nicht.

FRAU STENZ Der Karl steht eher auf die großen Blouson-Blonden mit die langen Gelee-Haxn, von dieser nordischen Höcktal-Olafdottir-Schrankregal-Kategorie.

FRAU SPREIZMOSER Der Raoul will diese südländischen, leicht buckligen Hakennasen.

FRAU BALZ Mit solchen das Gebären plädierenden Hüften? *Geste.*

Herr Stenz und Herr Spreizmoser stehen auf und gehen links ab.

FRAU SPREIZMOSER Das nicht. Ein bißchen Olivgrün im Teint, Mondgesicht, so eine Nase, viel Haare, auch da, auch da. Bart, habe ich gesagt, kannst du dir selber wachsen lassen. Nein, sagt er, das ist schön, der Flaum. Die haben auch keinen Hintern, nur Haare, keinen Busen, nur Haare, höchstens einen Bauch, und Haare überall, auch am Rücken. Und ich muß die Dumme spielen, ich bin dran, ein bißchen Olivgrün im Teint, Mondgesicht, so eine Nase, viel Haare, auch da, auch da. Bart, habe ich gesagt, kannst du dir selber wachsen lassen. Nein, sagt er, das ist schön, der Flaum. Die haben auch keinen Hintern, nur Haare, keinen Busen, nur Haare, höchstens einen Bauch, und Haare überall, auch am Rücken.

FRAU DUMSWOHL Meiner masturbiert ja massenhaft. Dem wär vermutlich jede recht. Hauptsache marod. Der flüchtet ja die Wirklichkeit.

FRAU BALZ Mein Franz mag ausschließlich, was er sich einverleiben kann. Vehement. Ein Niedergang. Noch nicht einmal der Beischlaf greift ihn an, noch nicht einmal.

ALLE FRAUEN Ja, da sind sie ja, unsere Phantasien aus Fleisch und Leberwurst, unsere BB-Adonisse. *Das Licht wird wieder angedimmt, der Spot abgedreht.*

XIX

Die Frauen nehmen Platz. Frau Stenz auf 1, Frau Dumswohl auf 3, Frau Balz auf 5, Frau Spreizmoser auf 7. Etwas Tumult.

FRAU DUMSWOHL *zu Frau Spreizmoser:* Sie müssen dorthin.

FRAU SPREIZMOSER Wieso?

FRAU DUMSWOHL Weil wir zum Schluß kommen müssen. Deshalb.

FRAU SPREIZMOSER Gehn wir schon?

HERR BALZ Jetzt setzen Sie sich endlich, sonst nimmt das hier nie ein Ende.

XX

FRAU STENZ Aber einen Kaffee nehmen Sie noch? Der macht schlank.

HERR SPREIZMOSER Aber Sie sind doch nicht dick.

HERR DUMSWOHL Also ich sage da nicht nein.

FRAU DUMSWOHL *klatscht ihm eine:* Dich hat niemand gefragt.

FRAU SPREIZMOSER Also ich würde dann schon schön langsam. *Gähnt.*

FRAU BALZ So ein Kaffeetscherl hicks, so ein Sowieso-Kaffeetscherl wär hicks, ich könnte mich dafür tendieren lassen, wiewohl man sagen muß.

HERR BALZ Du bist ja angetrankelt, mein Kalksburg-Fräulein.

FRAU BALZ Hicks. Üüüüberhauptnicht. Das ist infame Illusion, ein Steckenpferd von Bild.

FRAU STENZ Punschkrapfen gibt es auch. Mein Göttergatte hat dafür einen Spleen.

HERR DUMSWOHL Also ich sage nicht nein.

FRAU SPREIZMOSER Also ich würde dann schon schön langsam. *Gähnt.*

Frau Dumswohl klatscht ihm eine.

FRAU BALZ Hicks.

FRAU STENZ *rufend:* Den Kaffee Rosa.

HERR BALZ *rufend:* Und die Punschkrapfen.

FRAU BALZ Hicks.

FRAU STENZ Und die Punschkrapfen.

FRAU SPREIZMOSER Also ich würde ja schon schön

langsam. Wenn ich nur wüßte, wo mein Mann schon wieder steckt.

FRAU STENZ Ist ein Tennismatch? Also wenn ein Tennismatch ist, kann ich volley schwören, mein Mann läßt keines aus. Da kann sein, was will, kann da, der versäumt noch seine Beisetzung wegen so einem Set.

FRAU BALZ Hicks.

Rosa kommt mit den Punschkrapfen.

FRAU SPREIZMOSER Meinen interessiert Sport nicht. *Gähnt.*

HERR BALZ Wer spielt?

FRAU BALZ Hicks.

FRAU SPREIZMOSER Noch nie in seinem Leben, ich schwöre es, hat sich meiner so etwas angesehen, noch nie.

FRAU DUMSWOHL Vielleicht schauen sie sich die Wohnung an?

FRAU STENZ Papperlapapp, die Wohnung anschauen, die Garnitur, den Wandverbau und sonst allen Schnickschnack, ha, ganz was anderes schauen die sich an.

FRAU BALZ Hicks.

FRAU SPREIZMOSER Was werden die sich anschauen. *Gähnt.*

FRAU STENZ Ein Tennismatch.

FRAU SPREIZMOSER Noch nie in seinem Leben, ich schwöre es, hat sich meiner so etwas angesehen, noch nie.

HERR BALZ *nimmt einen Punschkrapfen und beißt hinein:* Wie jemand Schnackerl hat, das schauen sie sich bestimmt nicht an. Aber vielleicht pempert was.

FRAU BALZ Hicks.

HERR DUMSWOHL Haben Sie Videos?

FRAU DUMSWOHL *klatscht ihm eine:* Schwein.

FRAU STENZ Was heißt hier Videos. Der Vorrat von dem Pornojäger kann nicht größer sein.

FRAU DUMSWOHL Ein so ein sympathischer, genialer Mensch, ich unterstütze ihn.

HERR BALZ Den Stenz?

FRAU BALZ Hicks.

FRAU DUMSWOHL Den Pornojäger. Wenn der nicht wäre, wo wären wir ohne ihn? Angeschissen bis obenhin, total versaut. Die Menschen sind ja Ferkel, scheißen, pissen sich an, lassen sich fesseln, foltern und Perversitäten wie Exkrement-Extremitäten, wenn der nicht wäre.

FRAU STENZ Ich glaube, dem gefällt das selbst, das Multicolor.

Rosa kommt mit einer Kanne Kaffee, Tassen, Zucker, Milchkännchen.

FRAU DUMSWOHL Nein, das bitte dürfen Sie nicht sagen. Der bitte schlägt nur richtig in den Saustall, ist auch richtig so. Wird auch Zeit, daß einer richtig aufräumt, bitte.

FRAU BALZ Hicks.

FRAU SPREIZMOSER Die Luft anhalten und bis zweiundzwanzig zählen, das hilft.

Frau Balz schnappt nach Luft.

FRAU STENZ Auch das, nehmen Sie auch das gleich mit, Rosa, es liegt nicht mehr im Trend. *Gibt ihr Saucen, Schüsseln, etc.*

HERR BALZ Es hat halt jeder seine Präferenzen.

FRAU BALZ Hicks. Entschuldigung.

FRAU SPREIZMOSER *gähnt:* Die Luft anhalten und bis zweiundzwanzig zählen, bei mir hilft das immer.

HERR BALZ Haben Sie auch Saccharin?

FRAU STENZ Leider.

HERR BALZ Macht nichts. Soll eh nicht gesund sein. *Gibt sehr viel Zucker in seinen Kaffee.* Angeblich wird das Appetitgefühl damit nur größer.

FRAU SPREIZMOSER Wie spät ist es eigentlich? *Frau Balz zeigt ihr ihre Armbanduhr.*

Rosa ab.

FRAU BALZ Hicks.

FRAU SPREIZMOSER Was? So spät. Also wir müssen wirklich dann. Wenn ich nur wüßte, wo mein Mann noch bleibt. *Ruft:* Raoul. Raoul, komm jetzt. *Normal:* Wenn ich nur wüßte, wo er bleibt.

FRAU STENZ Jetzt trinken Sie erst einmal Kaffee, der macht schlank.

FRAU BALZ Aber sie ist doch gar nicht dick.

FRAU STENZ Vorbeugen ist besser als Rückenschmerzen.

HERR BALZ Und essen einen Punschkrapfen.

FRAU SPREIZMOSER Nein, nein danke, jetzt noch essen, wenn ich nur wüßte, wo er bleibt, das liegt dann so im Magen, drückt. Ich darf das nicht. Wenn ich nur wüßte. Soda im Gefühl, ich hätte Steine, den Wolf samt Großmutter geschluckt, so schlecht liegt das im Magen, drückt.

FRAU BALZ Hicks. Du, Frau Spreizmoser, zier dich nicht, du bist ja auch nicht dick, also zier dich nicht.

FRAU STENZ Haben Sie nicht auch den Eindrucksbluff,

daß, je älter man wird, auch ich, um so schneller joggt die Zeit. Jedes Jahr wird kürzer, kürzer, kurz, kommt mir vor. Umgekehrt sollte es sein.

HERR BALZ Das liegt am Subjektivitätsgefühl. Je älter, desto weniger mißt sich die Zeit am Ganzen. Beim Essen analog. Gemessen an allem, was des Gourmannen Gaumenmaut passiert, ist so ein Punschkrapfen nicht wirklich ein Gewicht. Dagegen früher, noch als Kind, da war das eine halbe Mahlzeit, eine ganze. Heute? Nichts!

XXI

Herr Stenz und Herr Spreizmoser kommen aufgeregt zurück.

FRAU STENZ Da seid ihr ja, Viskose-Kompanie.
HERR STENZ Unglaublich, einfach unglaublich.
FRAU SPREIZMOSER Was ist unglaublich?
HERR DUMSWOHL Die Videos?
FRAU DUMSWOHL *klatscht ihm eine:* Schwein.
HERR SPREIZMOSER Ich begreife das nicht.
Beide setzen sich. Herr Stenz zündet sich eine Zigarette an.
FRAU SPREIZMOSER Was ist unglaublich?
FRAU STENZ Hat er verspielt? Den Tiebreak letzter Satz.
HERR STENZ Ich fasse es einfach nicht.
FRAU SPREIZMOSER Was ist ein Hightec? Was ist nicht zu fassen? Musik gewinnt doch nicht.
FRAU BALZ Hicks.
HERR BALZ Das auch.
HERR STENZ Der war doch immer besonnen, immer bigott.
HERR SPREIZMOSER Ein phlegmatisches Biskotten-Temperament.
FRAU STENZ Wer denn? Der Ebola-Virus?
FRAU SPREIZMOSER Was ist jetzt ein Hightec? Was ist nicht zu fassen? Musik gewinnt doch nicht.
HERR STENZ Keiner Fliege, hätte ich dem zugetraut, daß er was zuleide tut.

HERR BALZ Wer jetzt?

HERR SPREIZMOSER Na, der Alois.

FRAU DUMSWOHL Was? Wieso.

FRAU SPREIZMOSER Wer?

HERR SPREIZMOSER Der Alois, der Wurmbrand.

HERR STENZ Also ich zeige dem Herrn Spreizmoser die Wohnung, daneben läuft der Fernseher.

HERR DUMSWOHL Mit Videos?

FRAU DUMSWOHL *schaut ihn an:* Hast du noch immer nicht genug?

FRAU STENZ Ein Tennismatch?

HERR STENZ Also der Fernseher läuft und Nachrichten und Krieg und Parlament, Beschüsse und Beschlüsse, plötzlich dieses Bild.

HERR SPREIZMOSER Den kennen wir doch, wir denken noch, den kennen wir.

HERR STENZ War es der Wurmbrand.

FRAU BALZ Hicks.

FRAU STENZ Und wie kommt denn der mit seinem John-Travolta-Schmalz ins Fernsehen. Der mit seiner Zimmerspringbrunnen-Frisur.

FRAU BALZ Eben. Ausgerechnet der.

HERR BALZ Und wir wären umgekommen, glatt verhungert fast, eine Frechheit das.

FRAU SPREIZMOSER Gut, daß wir sich angefangen haben. Ich habe es uns ja gleich gesagt.

HERR SPREIZMOSER Das haben wir uns auch bemüßigend gedacht, doch dann.

HERR STENZ Dann sagt die Sprecherin Massaker.

FRAU BALZ Hicks.

HERR SPREIZMOSER Massaker sagt sie folgenschwer und Tragödie.

Herr Stenz Die ganze Familie ausgerottet.
Alle Nein.
Herr Spreizmoser Doch.
Frau Balz Hicks. Entschuldigung.
Herr Stenz Mit einer Pumpgun allen aufgelauert.
Herr Spreizmoser Im Haus versteckt und abgepaßt, alle nacheinander.
Herr Stenz Den Sohn, den älteren, zuerst. Kam gerade von der Schule heim. Zssk, klick und peng, abgeschaßt.
Frau Balz Hicks. Tschuldigung.
Herr Spreizmoser Dann kam die Frau.
Alle Die auch?
Herr Stenz Vom Einkauf kam die wohl zurück.
Herr Spreizmoser Vielleicht auch vom Coiffeur.
Frau Spreizmoser Die hatte einen Chauffeur?
Frau Stenz Die haben sich doch wunderbar verstanden, und so gut gepaßt.
Herr Stenz Die Kriminalisten haben das rekonstruiert. Kam nach Hause zssk, klick und peng.
Alle Das gibts doch nicht.
Herr Spreizmoser Und dann die Großmama, der Großpapa, hatten den Kleinen vom Kindergarten abgeholt, kamen zu dritt.
Herr Stenz Zssk, klick und peng und zssk, klick und peng und zssk, klick und peng.
Frau Balz Hicks. Schuldigung.
Alle Das versteh ich nicht.
Herr Spreizmoser Und zum Schluß sich selbst.
Herr Stenz Zssk, klick und peng. Alle umgebracht.
Betroffenes Schweigen.

FRAU BALZ Hicks. *Fällt vom Stuhl und bleibt (fürs Publikum unsichtbar) am Boden.*

HERR STENZ *rufend:* Rosa, Schnaps.

FRAU DUMSWOHL Und warum? Also ich versteh das nicht. Das war doch so ein lieber Mensch.

FRAU STENZ Eben, so ein besonnener, so ein Korbentengemüt.

HERR DUMSWOHL Das sind oft die Schlimmsten.

FRAU SPREIZMOSER Grauenhaft, ganz grauenhaft finde ich das. Die Welt ist schlecht.

HERR BALZ Was es alles gibt.

FRAU SPREIZMOSER Grauenhaft. Die Welt ist böse, die Menschheit schlecht.

FRAU STENZ Das gibts doch nicht. Irgendwie gibt es das doch nicht.

HERR SPREIZMOSER Tja, da flippt ein Schwachsinniger aus und weiß abgestumpft nicht, was er tut, dreht einfach durch, schnappt über und läuft Amok, reißt alle mit. Führt sich antipodisch zum Demiurgen auf. Veranstaltet Scherben, Einweggericht.

Rosa kommt mit einer Schnapsflasche und Gläsern und schenkt ein.

HERR BALZ Allerhand. Und wir hätten fast auf ihn gewartet. Verhungert wären wir.

FRAU SPREIZMOSER Ich habe es ja gleich gesagt, anfangen, habe ich uns gesagt.

FRAU DUMSWOHL Und wir hatten den eingeladen.

HERR DUMSWOHL Mir war der noch nie geheuer.

HERR STENZ Eben, irgend etwas war an dem nicht ganz normal.

FRAU SPREIZMOSER Ein Ungeheuer.

FRAU BALZ *sich wieder hochrappelnd:* Genau, genau, genau, das hat man doch genau gespürt, genau, genau, genau, der ist nicht dicht, da stimmt was nicht, ein Janus-Christ-Gesicht.

FRAU STENZ Mir war er ja nie sympathisch.

FRAU SPREIZMOSER Ein Ungeheuer.

HERR STENZ *sein Glas erhebend:* Also darauf, daß wir noch alle leben.

ALLE Prost.

Stille.

HERR SPREIZMOSER Aber daß er zu sowas Blödsinnigem fähig ist, ich hätte das nicht gedacht.

HERR DUMSWOHL Ich schon, mich wundert das auch nicht.

HERR BALZ Wer andere, ich sag es ja, beim Essen sitzen läßt, dem traue nicht.

Rosa nimmt beim Hinausgehen Kaffeetassen mit, stolpert und läßt alle fallen.

FRAU STENZ Rosa!

HERR STENZ Ungeschickte Person.

HERR BALZ Trampel.

FRAU STENZ Das arme Porzellan. Echtes Meißner Porzellan. Kann nichts dafür und hat Ihnen nichts getan, Sie unproportionaler Schlamp.

HERR STENZ Sauteuer, wenn man das nachkaufen muß.

Stille.

Rosa läuft hinaus und kommt mit Schaufel und Bartwisch zurück, die Scherben aufzukehren.

FRAU SPREIZMOSER Nicht daß ich gängeln will, aber für uns wird es trotzdem langsam Zeit. Wir waren ja schon dran.

HERR STENZ Auf das Personal ist kein Verlaß mehr.

HERR BALZ Ja, die Zeiten werden frostig, auch wenn es uns immer nobler geht, geht es uns doch auch immer übler. Ich sehe ja die Zähne meiner Patienten. Katastrophen.

HERR STENZ Man müßte es anständig durchservieren, das servile Gesindel. Tun Sie nur, als hörten Sie mich nicht, infantile Elefantin.

FRAU SPREIZMOSER Für uns wird es trotzdem, nicht daß ich drängle, aber langsam wird es für uns Zeit.

Rosa ab.

HERR SPREIZMOSER Ja, ich denke auch, daß wir langsam zu einem Finale kommen müssen. Die Parzen hüsteln schon.

HERR DUMSWOHL Also eine rauchen wir noch.

HERR STENZ Ja, eine Kastrierte geht noch immer.

Beide zünden sich eine Zigarette an.

FRAU DUMSWOHL Es ist immer dasselbe, immer noch eine und noch eine und noch eine und noch eine und noch eine. So kommen wir nie zu einem Ende.

HERR BALZ Ja, schön langsam reicht es. Ich finde auch, daß es langsam an der Zeit ist.

FRAU STENZ Jetzt macht nicht alle so ein Gesicht zum *gähnt:* Gehen. *Klatscht in die Hände:* Stimmung. Stimmung.

HERR STENZ Eben, der Abend ist noch jung.

FRAU SPREIZMOSER Also wir müssen ja morgen früh raus. Darauf läuft es hinaus.

HERR SPREIZMOSER Ja, lassen Sie uns zum Schluß kommen, zum Zerberus.

FRAU BALZ Hicks. *Schenkt sich noch einen Schnaps ein.*

HERR BALZ Du solltest auch langsam genug haben.

FRAU BALZ Immer soll ich genug haben. Immer, immer, immer. Ist es vielleicht meine Schuld vielleicht, daß ich soviel trinke. Ich mache das doch nicht freiwillig, mache ich das doch nicht. Außerdem bin ich vollkommen nüchtern, vollkommen. Das ist doch alles bloß gespielt. Verstehst du, aufgesetzt.

HERR BALZ Ich vielleicht?

FRAU STENZ Jetzt überstürzen Sie mal nichts.

HERR BALZ Wir haben uns noch nie nichts überhudelt.

FRAU SPREIZMOSER Also für uns wird es wirklich langsam Zeit, nicht daß wir nicht noch bleiben würden, aber wir müssen ja morgen früh raus.

HERR DUMSWOHL *zu Frau Stenz:* Das sagt meine auch immer. Wetten, gleich sagt sie es. *Seine Frau imitierend:* Wir würden ja auch noch gerne länger bleiben, aber wir müssen ja morgen früh raus.

HERR BALZ Nur nichts übernudeln.

HERR DUMSWOHL *zu Frau Stenz:* So ein Blödsinn. Erstens muß ich überhaupt nicht raus, und zweitens ist sie im Krankenstand.

FRAU DUMSWOHL Wir würden ja auch noch gerne länger, aber wir müssen ja morgen früh raus.

HERR DUMSWOHL *zu Frau Stenz:* Da sehen Sie es.

HERR STENZ Aber der Abend ist noch jung.

HERR SPREIZMOSER Uns wird die Zeit zum Bosnickel, wir verzinsen uns. Machen wir es kurz.

FRAU BALZ Hicks. Vorhang!

Der Vorhang fällt.

FRAU STENZ Und Sie wollen wirklich schon? Bleiben

Sie doch noch. Sonst bleibt mir nur der Karl. *Klatscht:* Stimmung, Stimmung. Bleiben Sie.

HERR SPREIZMOSER Habsburg ist am Ende, Schluß, sonst sitzen wir noch morgen hier.

FRAU SPREIZMOSER Man muß auch ein Ende machen können.

HERR BALZ Also es hat mich wie immer sehr gefreut. Der Gogerlfraß. Ich bedanke mich.

HERR STENZ Sie wollen auch schon?

FRAU DUMSWOHL Man soll nichts übertreiben.

HERR DUMSWOHL Aber es war ein wirklich herzlicher Abend.

FRAU STENZ Wirklich?

HERR BALZ Wirklich.

FRAU BALZ Aus, Maus, finito. Hicks.

Bibapoh. Mozarts Il re pastore folgend

Ein Hirtenspiel und Königsdrama

Mozart war ein einfacher Mensch, nicht besonders eindrucksvoll, wenn man ihm auf der Straße begegnete, manchmal kindisch und im Privatverkehr offenbar zuweilen recht unbehindert im Gebrauch von Metaphern, die sich auf anale Ausscheidungen bezogen.

Norbert Elias

Personen:

AMINTAS, norwegische Flügelhaube, spricht sehr schnell.
ELISA, Lehrerinnenaussehen, langer Zopf, eventuell Brille.
TAMIRA, ein farbiger Vamp.
SIRE [Si:re], König von Hackebuch.
JOHANN SCHANI SCHAWEIG, Billeteur, spricht Dialekt.
WOLF, Gehilfe und blindes Motiv.
MUSIKER

Grundsätzliche Regieanweisung
Das Tempo (der Sprechgeschwindigkeit) wird in beiden Akten von normal auf schnell beschleunigt, um kurz vor Aktende wieder verlangsamt zu werden. Die Arien können italienisch oder deutsch gesungen werden. Während dem Singen kann (auf Tafeln, T-Shirts, in Leuchtschrift, etc.) das jeweilige Motto gezeigt werden.

1. Akt

Bühne
Natur. Ausgestopfte Ziegen, vielleicht auf Rädern, es kann auch ein kopulierendes Pärchen darunter sein. Alles sollte möglichst gemacht wirken – mit dem Flair einer Camping-Ausstellung. Ein ausrangierter Autositz. Am Bühnenrand sitzen sichtbar die Musiker wie bei einer Plattenaufnahme unter einem Mikrophon. Irgendwo deutlich sichtbar ein Hauptschalter-Hebel angebracht. Von oben herab hängt ein abgerissenes Spruchband wie nach einer längst gewesenen Feier, worauf steht: »Wien ist Weltstadt mit Flair, Tradition und Gemütlichkeit« – oder sonst eine Blödsinnigkeit.
Kein Vorhang
Düsteres Licht auf der Bühne, aber Licht im Publikum. Die Musiker, mit Instrumenten, Noten, etc. bepackt, gehen im Hintergrund über die Bühne und nehmen Platz. Es kann zu kleinen Tumulten kommen. Der Billeteur wirft neugierige Blicke auf die Bühne und ins Publikum, betätigt den Hebel, worauf es auf der Bühne hell wird, das Licht im Publikum wird weggedimmt. Anstatt der erwartbaren Ouvertüre erscheint erneut der Billeteur mit einem Tisch. Die ersten Musiker sind bereits damit beschäftigt, ihre Instrumente zu stimmen, während einige Nachzügler noch gemächlich über die Bühne schlurfen.

BILLETEUR *keuchend einen Tisch über die Bühne schiebend, was unangenehmes Quietschen hervorruft, dann wieder zurückgehend, um mit einem Stuhl zurückzukommen, der zum Tisch getragen wird, nochmals zurück, um mit einem dicken Buch wiederkommend, sich damit hinlümmelnd:* Da schaut es possierlich aus, mir scheint, genau das Richtige scheint es da zu sein. Die letzten Herrschaften scheinen eingefunden, sich samt selbst und Abendgarderobe. Immer gibt es Brodler, die scheints die Uhr noch nicht beherrschen, keinen Genierer, aber ins Theater, bittschön, mich ginge es nichts, wenn ich nicht warten müßte. Bis nicht dem Letzten sein Hintern platzanweiserisch zugeordnet ist, hat man keine Ruhe bittschön nicht. Dafür gebären sie sich spendabel, geben einen Fünfer Trinkgeld, einen Fünfer bittschön, na, ich dank schön, küß die Hand, mich ging es nichts, wenn es sich nicht um einen etymologischen Krüppel handeln täte, bittschön. Da schaut es poussierlich aus, mir scheint, genau das Richtige scheint es da zu sein. Was sein denn das für Etablissements, in denen man heutzutage um einen Fünfer was zu trinken? Aber! Noch nicht einmal in der Kantine. Ein lauwarmes Wasser und einen ausgezuzelten Teebeutel, na, ich dank schön, bittschön, aber mich geht das nichts. Da schaut es passierlich aus, mir scheint, genau das Richtige scheint es da zu sein. Lange mache ich das sowieso nicht mehr, wenn ich ausstudiert habe, ist Schluß, sofort. Dann können sie mich pfitschigogerln, hinten bis vorne, ich kenne da nichts. Johann vulgo Schani Peregrinus Schaweig,

Akademiker in spe. Wie überhaupt man sagen muß, die Gschaftlhubers, Adabeis nicht mitgezählt, die wahre Intelligenz des Theaters sitzt in der Billeteurerie, im Platzanweiserwesen logiert des Hauses Seele, der wahre thalianysische Esprit. Was spielens denn heute? *Horcht und hört probende Musiker, die mehr und mehr in die Musik der Ouvertüre finden.* Schon wieder Mozart? Schon wieder ein Jubiläum? 96 ist ein legasthenisches Jahr. Schon wieder dieser schiache Mensch aus Salzburg, dieser Mozart? Was? So ein Mensch, wenn der einmal tot ist, besteht ja aus nichts als aus Geburtstagen, Geburtshäusern, Todestagen, Todeshäusern, Gedenkjahren, Gedenkmünzen, Erinnerungsjahrzehnten, Briefmarkenmotiven, et cetera, et cetera. Ein Anlaß zum Ambrosia. Aber von den Würmern hört man nichts. Na, ich dank schön. Ich möchte ja nicht wissen, was dann wird. Hauptsache meine Ruh. Da schaut es passabel aus, mir scheint, genau das Richtige scheint es da zu sein. Es gibt ja nichts, was weniger teilbar ist wie die Ruh, die Ruhe bitte, nicht die Ruhr. Die eine ist schon ausgestorben, der anderen fehlt auch fast nichts mehr. So ein Theater ist ja ein Hort an Lärmbelästigung, bittschön, ein Spielplatz ist nichts dagegen, eine Brutstätte für Krach, Radau, na, ich dank schön, aber mich geht das bald nichts mehr, pfitschigogerln können sie mich, hinten und vorne, einbilletelte Bagage. So, was haben wir jetzt da? *Schlägt sein Buch auf, blättert.* Die Schäferdichtung. Die Schäferdichtung? Wer braucht denn das? *Liest:* Die Bezeichnungen Schäferdichtung und Hirtendichtung lassen sich nebeneinander gebrauchen, ebenfalls Hirtengedicht und Schäfergedicht, während Schäferroman ohne Zweifel gebräuchlicher als Hirtenroman ist. Das Wort Hirte zeigt im Laufe der Zeit zum Kirchlichen hin eine Neigung, *für sich:* das Schwein, *weiterlesend:* beim Schäfer denkt man von vornherein an erotische Beziehung. Eine Schäferstunde ist eindeutig und findet kein Äquivalent mit dem Kompositum Hirt. *Murmeln, das langsam in die Arie übergeht:* Seit Jacopo Sannazaros Idyll »Arcadia«, 1502, wurde die entsprechende griechische Landschaft als unschuldsvolles Paradies friedlicher Hirten gefeiert... Das unschuldsvolle Paradies? Bukolische Poesie... Griechen... 1619 in Deutschland eingeführt... eine arkadische Welt als höchstes Ideal... Leben in Schlichtheit als größtes Glück... *Wenn der Regisseur das nun beginnende Schlafen verbildlichen will, kann er den Billeteur ein lebensgroßes Photo vom Tisch hochklappen lassen, das diesen selbst schlafend darstellt.*

Arie, AMINTAS

[Motto: Quelle nie ein Brot zum Sterz, denn es hat wie du ein Herz.]

Intendo amico rio Quell basso mormorio Tu chiedi, in tua favella, Il nostro ben dov'e?	Wasserrosse gurgeln Kilo, Küsse fordernd, fragst du an, fragst in deiner Rede, Bach, wo der Liebsten Tränke.

BILLETEUR Diese Pizzikaterln und Stakkaterln, da wird italienisch geredt auf deutsch. Wie überhaupt man sagen muß. Der Hirt, ein stabil gebauter

Mensch. Ich möchte ja nicht wissen, was der privat so treibt, frage nicht.

Amintas Das, das mir den Sinn beschwert, ist was, was mein Herz begehrt. Und was, was mein Herz beschwert, ist das, das mein Sinn begehrt. Die, die noch ein Mädchen ist, Elisa mit im Namen trägt. Ich, und dort, wo ich sie haben könnt, und wenn, und wie, ich meine ihr, ich täte es.

Billeteur Servus Scharlach, hat der Mumps, so geschwollen, wie der redt?

Amintas Und wie. Alle Stäbe stünden dann, August ich, Amintas, stumm und stramm, mein Herz, das sie begehrt und wenn. Und wie.

Billeteur Psst, sie kommt ja schon. *Blick zur Gasse, aber Elisa kommt nicht.*

Amintas *auf die noch nicht erschienene Elisa zeigend:* Seht, wer täte nicht mit ihr beginnen. Dieser vorgestellte Frühling, die Fahnen meiner Güte hoch. Waden, nicht von dieser Zeit, Pfifferling, und Schenkel-Parasol, mein lieber Löwenzahn, Knollenblätter drall, aber giftig, weil mein Spaten so auf dies Geschößchen ausgerichtet ist.

Billeteur *unwirsch:* Was ist, wo bleibt sie? *Rufend:* Liesl, es pressiert.

Elisa kommt sehr langsam und widerwillig.

Amintas Die Pumpe meiner Seele, wenn ich diese Morchelaugen sehe, geht. Ihr Näschen kaiserlich, ihre Lippen Staat. Und Zähne wie der Margerite Blätter. Doch bevölkern erst Wörter dies Maulbronn, braust Jubel auf und Massenhysterie.

Elisa *eine Wurstsemmel essend:* Ich? Schon dran? *Der*

Billeteur macht ihr aufmunternde Zeichen. Amintas, was meinst du? Verschieben wir es? Ja? Mich freut heute nichts. Zudem plagt mich Migräne. Meine Tage, Vollmond ist. Gejausnet hab ich auch noch nicht. Verschieben wir es doch? Ja? Was meint ihr? *Beide winken ab.*

AMINTAS Buschwindröschen blättern ihr die Wörter aus dem Zuckerlrosa-Fleisch.

ELISA *sehr mißmutig:* Amintas, kruzineser, träumst schon wieder? Mich freuts heute nicht. Und dir ist nichts zu blöd, machst jeden Kasperl mit. Kommt nur einer, schon mit Herzverfettung, wie man sieht, sagt Schäferdichtung, schon bist du bereit, für jeden Kitsch zu haben. Mir ist das zuwider.

AMINTAS Ackerröte blüht an ihren Flanken, bittersüßer Frauenflachs. *Er umarmt sie, sie stößt ihn von sich (Aber geh!) und geht, er ihr hinterher.*

ELISA Migräne hab ich, Vollmond ist. Verstehst du nichts?

BILLETEUR *zu Elisa:* Na, bleib da. Mit einem Thermophor derspielt er es nicht. *Ans Publikum:* Kopf und Granada, küß die Hand, riskiert das Liebespaar, um am Subjekt intimster Gier zu weilen, den L'amour-Schmäh angezapft.

ELISA Wer straft mich so, daß ausgerechnet du? Wer? Wer hat die Gleichung ausgedacht, die mich vermessen prüft? Ich Eselin, dümmer als die Euterstutzen deiner Ziegen, Schnapsidee, mich in dein Kitsch-Geschwulst verlieben? Ausgerechnet.

AMINTAS Mein Knöterichgewächs, mein Hahnenfuß und Baldrian, deine Art, dein Wesen, hat mich umgepflügt.

ELISA Sei nicht zu zellophaniert, kontemplativ in Teflon-Romantizismus eingeschweißt, du enteist mich damit nicht.

AMINTAS *sie zärtlich beruhigend:* Darf ich denn nicht mehr? Dich tangierend einzukreisen, ist das nicht rundheraus mein Recht?

ELISA *etwas besänftigt:* Alles zur Zeit, zum Ort. Was nicht heißt jetzt.

BILLETEUR Das wär kein Ausgang jetzt, wenn alles eitel, Wonne wär. Es braucht was Ungustiöses, was nicht genehmes, schleimig Böses, eine Personalunion Fisimatenten. Hier heißt sie Sire, König von Hackebuch, pausenlos auf mordio, ein Suchtler nach Karacho. Als Feldherr ein Barbar. Hat nebenan sein Nest befestigt, eine Enklave angsterfüllender Gefahr, randvoll mit Grobianen angefüllt.

AMINTAS Und weißt du nicht, daß deren Waffe oft schon angewachsen ist, ein Mädchen deiner Güteklasse schnabulieren die nebenbei. Das weißt du doch, mein Rittersporn?

Musik setzt ein.

ELISA Die Horden nicht, auch nicht ihr flegelhaftes Nehmen, die Zukunft ängstigt mich. Muß das wirklich sein? Was werden soll, und ob wir endlich etwas haben. Uns? Soll ich noch weiterreden? Wie die Eltern dazu stehen, du weißt, sie jubeln nicht, schatzen unanständig dich, gering, rechnen mich gefügig und nie als Bräutigam mit dir, erwarten einen Gentle-Mann, einen Herrn gehobener Disposition, der auszubessern weiß und beizusteuern. Reicht es jetzt? Ich sage nur den Text. Und letztlich betrüben mich deine Flausen, du brichst dir ja beim Nasenbohren den Zeh, nicht dem Sire seine Grobiane, die können in Krakau mich besuchen. Soweit käme es noch. Machen wir jetzt Schluß?

Billeteur Wenn die sich ziert, solls meinetwegen Nägelkauen. Sing halt ich statt ihr.

Arie. *Der Billeteur singt die erste Strophe, allerdings sehr falsch, Elisa löst ihn ab, bzw. beginnt noch einmal von vorne.*

[Motto: Die Natur ist eine Verflachung.]

Aer tranquillo e di sereni,	Der tranigen Tage Prisenluft,
Freschi fonti, e verdi prati	frische Brunnen, grüne Prater,
Sono i voti fortunati,	sind, ich votiere disperater,
Della greggia e del pastor.	Ingredienzien ins Schäfersglück.
Che se poi piacesse ai fati	Käse als Delikatesse gerader
Di cambiar gl'offici miei,	als Kaviar und russisch Brei,
Avran cura allora i Dei	mit Honig, Milch und Brot und Ei
Di cambiami e mente e cor.	Ingredienzien ins Schäferglück.

Elisa ab.

Billeteur So eine Einekräherin. Migräne hats? Wers glaubt, wird überzählig, bitte, mich geht das nichts. Das Schäferspiel. Das Liebespaar ist Pflicht, würden sich einen Haxen auseinanderreißen füreinander. Nur die Eltern stimmen dem nicht zu. Das kennt man. Na, ich verstehs. So viele Haxen hat man schließlich nicht. Zudem der Sire, die Mischkulanz aus Schlechtigkeit und grob. Wie aber handelt der brave Amintas in dieser ungereimten Not?

I/2

AMINTAS Oft knotz ich am Rücken, döse, und denke außer mir nichts und ach, die Kiefern, Zedern und blödesten Hupfer im Heu. Die Bäume, ihr Plural, dem Rauschen sein Bach, die Wiesen, ich liebe, und Wolken, die wie sich schneiden und ach, daß ich liebe, ist fast, wie ich weiß, schon zuviel. Was will ich von Städten, Kontinenten? Was interessieren mich die? Mir reicht schon mein Hier. Die Bäume, ihr Plural, dem Rauschen sein Bach. Kennenlernen will ich keinen, nichts, die Welt muß ich nicht sehen. Auch sie verzichtet ja auf mich. Elisa nur ist mir zum Glück genug. Bewußt und wie ein Klang in dieser Welt zu sein, im Einklang stehen mit ihr, das ist streßfrei und gesund. Was schert mich Gelegenheit, Ruhm zu scheffeln oder Resonanz, solange ich Einheit bin mit mir und mit Elisa uns.

BILLETEUR Streiten kennt der nicht, und recht zu haben ist ihm Bischof. Einem Wickel, Lust auf Streit begegnet er? Mit kardinalem Lächeln, schlägt jeden Grant damit. Grinsen ist sein Schwert, Grinzing-Laune heißt sein Schild. Das ist genug, unser Hirt in seiner Grunddisposition. Mehr interessiert uns nicht. Jetzt treten auf, und zwar inkognito, Sire, der König von Hackebuch, ein grauslicher Despot, sowie Agenor, sein erster Untertan und Kriegsminister. Beide wie Fetzenmuftis ausstaffiert. *Klatscht und ruft:* Exzellenz, Minister!

SIRE *Agenor hält sich in seinem Rücken versteckt:* Pscht.

AMINTAS Pscht? Das fragst du mich? Die Bäume dort, sie gaffen nicht, die Hecken da, gebissen haben sie noch keinen, schlage, wo du willst dein Wasser.

SIRE Er kräutelt, junger Mensch, zuviel. Behalt er seine Gedärmeneutik nur für sich, das Trommelfell auf seinem Fleisch, die Nase im Gewicht, die Bindehaut als Konjunktiv, und sag er, wer er ist.

AMINTAS *Agenor erblickend:* Agenor? Agenor! *Beide umarmen sich.* Das ist mein Stiefbruder! Agenor, prinzipiell ein Ehrgeizling, bereits vor Jahren fort. Sag, wie ist es dir ergangen? Hund, nie eine Nachricht, nichts. Was machst du jetzt?

AGENOR Bruder, das heißt Minist-minuziöser Wissenschaftler bin ich.

SIRE Ihn meint man nicht, den Wiesengschaftler. Man spricht von dem, mit dem man spricht. Versteht er das?

AMINTAS Nicht wenn man so verheddert redet, daß man Teufel denkt, da hat sich was verstrickt.

SIRE *zu Agenor:* Etwas hölzern, dieser aufgeleimte Klotz. Ein Abziehbild von Hinterwedlertum.

AGENOR *zu Sire:* Aber im Charakter wohlproportioniert und im Gemüt gerecht verteilt. Der Regent wird im Prozentsatz sehen, prinzipiell, wie die kleinen Brüche noch zusammengehen, hat er doch vorerst nichts als Ziegenärsche, Wiesengrün und Wald gesehen. Ich aber glaube . . .

SIRE Wie heißt du also?

AMINTAS Amintas.

SIRE Und der Vater?

AMINTAS Mein Herr, ich hatte angenommen, bereits

Verdautes würde Sie bedrücken, und nun quetschen Sie statt dessen mir, und mich wie eine Südseefrucht.

SIRE Verzeih er uns die Wissenswurst, die indiskrete Nase. *Leise:* neunmalkluger Zehner. *Laut:* die sich in jeden Gegenhang von Interesse bohrt.

AMINTAS Bin ich dann Gegenstand? Sie tun mich das als etwas ab, womit ich nicht zufrieden bin, sein kann.

SIRE *leise und wütend:* Wenn er nicht dauernd so deutlich dämeln täte.

AMINTAS Mein Vater, um das auszuwachsen, hieß Alectos. Ein Geheimnis ist das nicht.

SIRE Hieß? Heißt das, er lebt inkognito?

AMINTAS Hieß heißt, er lebt nicht mehr.

SIRE Pardon, dann erbitte ich Begradigung.

AMINTAS Damit schikaniert man mich nicht mehr, lang ist diese Wunde zu, der Eiter ausgetrocknet. Fünf Jahre ist es her.

SIRE Ja, wenn ihm nichts geblieben ist?

AMINTAS Geblieben schon. Und ob, Stiefel aus Schweineleder, Pullover, handgestrickt, zuzüglich einem Anzug, der mehr als wenig hängt, das Gehäuse einer Uhr, einen Rohkostmixer, ein Fingernagel weites Land, einen Schuppen, Ziegen und eine Nase, im Vorsprung ganz die seine und obendrein noch ein Gran Eigenheit.

SIRE Und das womöglich noch durch vier geteilt?

AMINTAS Das eben nicht, ich bin ein halbes Einzelkind. Der *auf Agenor zeigend* war ja fort, ließ alles mir.

SIRE Das ganze Scheichtum blendet uns, der Magen stülpt sich aus bei diesem Überfluß.

AMINTAS Schön. Pferdezuchten habe ich keine, weder Schlösser, Pavillons noch Statuetten. Keine Straße ist nach mir benannt, kein Konzertverein, mein Abbild nicht in Öl und auch nicht in Aspik gebannt. Wenn ich mich schneuze, ist es in die Hand. Ich pudere mir nichts, trage keinen Haarersatz, und wenn das auch kein Wohlstand ist, mir paßts. Man lebt auch länger, bekommt Ekzeme und Neurodermitis nicht, keine Syphillis und keine Süffisanz.

SIRE *Agenor nickt beistimmend:* Auf Pritschen schlafen, Kokosmatten? Gemüsegruppe schlürfen oder Vollkorngeschrei? Nie nach dorthin fahren, nie nach da? Keine exquisiten Früchte, keine Näscherei? Nur Siebenkäse, Studentenbutter, Negerbrot? Und wem Fondue ein Fremdwort ist, der ist in unserer Schicht, verzeih, ein armer Leberwurstaufstrich.

AMINTAS Gehören sich dann Ihre Sitten? Ich dagegen kann die Haine hören, Gräser schmecken, fünf Tibeter. Schon das befriedigt mich.

SIRE *Agenor nickt beistimmend:* Was stützt er vor, was Ihn? Worauf? Ist sein Lebensmodell nicht doch ein Ländl? Gackert er nicht bloß und glaubt sich selbst den Schawindel?

AMINTAS Nichts, was ich nicht hätte, habe ich, und was ich brauche, brauch ich nicht, mir reicht schon, was mir reicht. Es hat sich, wenn ozon die Sonne lacht, die Hupfer springen. Schon bin ich froh darüber, froh zu sein, gesund. Kein Leiden in der Prostata, keinen Bypass noch einen Katheter.

BILLETEUR Da muß man Sachen hören, Sachen sag ich Ihnen. Der grobschlächtige König, der schräge Bruder obendrein. Die wollen was. Den Schäfer in die Enge treiben? Da muß man Sachen hören, Sachen sag ich Ihnen. Was fratscheln die ihn aus? Was wollen die?

AGENOR Was meint er? Was meint ihr?

SIRE *leise:* Ein alternativer Birkenschlapfen, Müslispachtler, Dörrobsthecht. Einer, der vermutlich Socken läuft und denkt, Savannenmensch, daß er so ewig lebt. Gottheit schnitzen, Haschischmasten, ein Alpenfrühfanatiker. Pflückt bierfest dauernd Mädelschweiß. Einer, der auf alles wachselt. So ein Partiturbursch halt. *Laut:* Aber wohin mit diesem homöopathischen Glanz? Ist sein Lebenssaft nicht schuldig, auch dem Hofe Propolis zu täufeln? Ist er nicht zu einer nektarinischen Spende für Sire, den Hackebucher König offen? Wir bringen, wenn es am Zug Ihm fehlt, Ihn hin.

AMINTAS Ich schäme nichts, nicht mich, noch Bäh, noch irgend jemand sonst, bloß FKK, trotzdem will ich nicht wollen, was ich nicht will. Was interessiert mich die gepuderte Gesellschaft, was will ich von dem eingestaubten Streu? Plaudern kann ich auch mit mir allein. Pfft und pfui und huch und ach, der ganze Krempelkram, apöhh und tetatet, voila, mon dieu, was schert mich dieser aufkandidelte Gesellschaftsschwarm? Von Hackebuch der König kann bleiben, wo er will.

SIRE Er beleidigt mich. *Will ihn ohrfeigen, Agenor hält ihn zurück.* Der Strickschal aber kann mit einem

Lüftchen in die Speichen seines Schritts sich wickeln, Ihn aus seinem Tritt ins Stolpern bringen, Luftballon das Leben auszulassen und prekären. Um.

AMINTAS Nicht, wenn es mich verfehlt. Ich habe mein Schicksal selbst im Zeug, kann tun und lassen, wann ich will. *Läuft (ein Flugzeug imitierend) die Arme ausgebreitet kreuz und quer über die Bühne und ab.* Kann tun und lassen, wann und wie und wo soviel ich will.

I/3

AGENOR Und mein König? Wo schlägt euer Urteil hin? Wie urteilt euer Sinn?

SIRE *dem Amintas nachblickend:* Brumm brumm, ha ha.

AGENOR Mein König? Wo schlägt euer Urteil hin? Wie urteilt euer Sinn?

SIRE *Räuspern.* In diesem Trödelwams, die ausgelutschten Schuhe täuschen uns nicht mehr, sein Schussel-Haar, der Tiergeruch, das alles wiegen auf die Evidenzien. Die Schwummrigkeit des Buben, seine Unmaturiertheit und was ihm sonst über die Zunge geht an Bauernbläue und Naivität. Der Wuchs der Zähne macht es wett, das blaubeerene Gesicht, wir wetten, sein hakenloser Körperbau, schon das allein ist königlich.

AGENOR Königlich?

BILLETEUR Ja, königlich. Nämlich ist die Verfassung in Amintas' Heimat Ibn recht verschlafen. Ibn, das Königreich von hier, ist Protektorat von Hackebuch. Ein Herrscher fehlt. So hat der Sire sich persönlich ausgemacht, den Richtigen zu finden. In corpore und passend außerdem.

AGENOR Wäre er nicht eben deshalb schief gewachsen, humpelnd oder krumm? Degeneriert und mit Marotten ausgefressen, vielleicht gerade so wie ich?

SIRE *die genannten Instrumente setzen jeweils ein:* Kackerlakak, was fällt Ihm ein, bucklig anzugeigen ungefragt. Unsere Meinung schwitzt. Präzise sehen wir, daß das der Klarinettenkönig ist von hier. Schlachten anzuzetteln ist ein Flötenspiel, Generäle einzutrommeln, metzeln lassen, massakrieren. Die Reste mit Lametta dekorieren. Soll das schon alle Freude sein? Das Volk nach unserer Tuba tanzen, Steuern in den Schornstein treiben, Verurteilte in ihr Fagott? Das kann dahergelaufen schnell ein jeder. Aber Frieden einzurichten, Verträge aufzumascherln, Herrscher zu posaunen, va banque zu spielen und der Weisheit unter die melierte Achsel fassen, das ist unsere majestätische Bestimmung da und dort, macht die Historie gewogen, daß man dereinst sagen wird, das war ein König, zügig wie der Föhn, gerecht wie Locus selbst, und alle riechen gleich, der Salomon, hören wir sie reden, ist im Vergleich dazu ein laienrichterlicher Schließmuskel, ein juridischer Eulenpürzel. *Er holt sich einen Notenständer.*

AGENOR *zeichnet mit Kreide am Boden und spielt anschließend Tempelhüpfen:* Plötzlich hat ers mit Gerechtigkeit. Jahrelang ein Grobian, und jetzt? Aus dem Amintas einen König machen, diesem Blödian. Und ich soll leer dastehen? Wo ist denn das gerecht?

Arie, Sire

[Motto: Ich bin der einzige auf meiner Seite.]

Si spandel al sole in faccia	Verböt man der Sonne ihr Naschen,
Nube talor cosi,	Tubensalben-Gspusi,
E folgora, e minaccia	Folklore in Maultaschen
Sul l'arido terren.	sollten radieren die Erd.
Ma poi, che in quella foggia	Mein Gott, in welchen Socken,
Assai d'umori uni,	es sei nur um und umi,
Tutta si scioglie in pioggia,	blitzts und donnerts ohne Stocken,
E gli feconda il sen.	und gleich verliert mans Sein.

Sire trägt den Notenständer zurück, bedankt sich bei den Musikern, die sich ebenfalls bedanken, und geht ab.

Billeteur ans Publikum: Wissen Sie bereits, wie, worum es geht? Von mir erfahren Sie nichts, nur vielleicht soviel, daß Sire für Ibn einen König braucht, das haben Sie selbst gesehen, Amintas wäre ihm recht. Wenn man saubere Absichten hat, kann man über alles reden. Doch schweigen wir, nur soviel, daß sein Stiefbruder Agenor damit nicht glücklich ist, selbst ein gesundes Bein spendiert, jetzt soll er übergangen werden? Kruzineser, von mir erfahren Sie nichts. Jetzt fährt nämlich gleich Potzblitz Tamira ins Geschehen, und damit wird es brenzlig. Ihr Vater selbst war Ibner König, zugehen tut es wie beim Tarockieren, detto war ihr Alter ein Despot, bevor der Sire ihn verrieben, ja parmesanisch in den Rettich trieben hat. Wie anders die Tamira. Äußerlich zwar Christbaum aufgeputzt, im Innersten jedoch ein Tschapperl reines Herz.

I/4

Tamira tritt auf.

BILLETEUR Die ist ja schwarz wie der Sarotti, gibts nicht mehr, schwarz wie der Meinl-Mohr im Hemd. Ein weiblicher Othello. Muß das wirklich sein? Wo ist die her? Die muß aus Deutschland kommen.

TAMIRA *drängt ihn weg:* I eat you.

BILLETEUR *verschüchtert:* Jetzt redts auch noch englisch auf deutsch.

TAMIRA *sich schminkend:* Agenor?

AGENOR *noch immer tempelhüpfend:* Tamira? In diesen Lumpen eingepackt? *Geht auf sie zu.* Tamira? Bist du, was du scheinst, oder halte ich dich bloß dafür? Halluziniert dein Aussehen sich prismatisch auf jedes Hirtinnengesicht, oder bist du wirklich die, für die zu halten ich dich meine?

TAMIRA Ich bins.

AGENOR *umarmt sie:* In die Moleküle mir, Langersehnte. Aber wie, erzähl, ging das denn her?

TAMIRA Hirten schulde ich meinen Rest. Nämlich, nachdem Sire, der Hackebucher König, mir den Vater aus der Vormundspflicht gerissen, die Krone, die mir angeboren schien, damit amputierte, emigriere ich als Mündel. Statt bedient zu werden, unterstelle ich, nämlich dem Hackebucher Schuld an dieser Not. Anstatt vorstellen zu dürfen, ordne ich mich unter, ein, lege, das beinahe, zum Überleben Unterstellen bloß.

BILLETEUR Die kennen sich, ein Techtelmechtel scheints. Jetzt tun sie es auf ein Packl sich. Bitte, wenn man saubere Absichten hat, kann man über alles reden. Tamira weiß natürlich nicht, daß Agenor, gedeckt von Sires Schaft, den Vater mit Bracholder ihr erschlagen hat. Und Agenor weiß nichts von den tamiranischen Geschäften, die wohlfeil selbst den Vater so verrieten, um Paternoster schneller, schnell zum Thron zu galoppieren. Nur Sire trabte da nicht mit, weshalb Tamira, ich sehs ein, grantig auf ihn ist.

AGENOR Der König Sire ist kein Lamm, dein Vater aber, glaub es mir, hat sich selbst storniert, Hand angelegt und sich, gerissen aus sich selbst geschlichen, sich aus dem Talon verspielt. Darum, ich bitte dich, folge mir nach Hackebuch zu meinem König Sire.

TAMIRA Alles täte ich, doch hier verlangst du mehr. Was ich zu rächen garantierte, ist vereidigt. Bräch ich es, in welche Augen sollte ich, wenn es nicht die meinen sind, noch sehen, nein, Agenor, ich kann es nicht. Ein schlechter Mensch war mein Erzeuger, dennoch verdanke ich ihm mich.

AGENOR Die Sturheit von euch Weiberleuten ist sprichwörtlich. In meinem König aber, Ehrenwort, täuschst du dich. Er ist ein Friedensmissionar. Dein Vater hat sich ganz allein aus der Biologie geschaßt – aus Kümmernis. Möglich, daß er zusätzlich verraten worden ist.

Tamira Aus Kümmernis? Ich war sein Zinssatz, Wertanlage ihm und sichere Rendite, und da sprichst du von Kümmernis?

Agenor Du warst sein Zinssatz, Wertanlage ihm und sichere Rendite, und doch sprech ich von Kümmernis. In der Leber, hört man sagen, vagabundierte ihm ein Stich, seine Blase hielt nicht, und was er von Mätressen subtrahierte, hat sich nicht gerechnet, sein Hofnarr war ein Kasperl, und nichts hat die Liebe ihm ersetzt, die sich mit deiner Mutter austangierte. Zusätzlich wäre möglich, daß er verraten worden ist.

Tamira Papperlapapp.

Billeteur *Tamira an die Rampe zerrend:* Wenn es nicht die Leidenschaft dringendst erfordert, soll man seinen Nebenakteur weder zu heftig noch zu übertrieben übertrumpfen. Und während der Handlung nicht nach da und nicht nach dorthin glotzen, und sich schon gar nicht wie ein Wanderpokal mit den Musikern und noch viel weniger mit den Komparsen zu schaffen machen.

Tamira *zu Agenor:* Was ist mit dir? Gefalle ich dir noch? Bin ich noch schmackhaft für dein Auge, üppig für dein Ohr? Oder findest du mich zu dick? Hängt dir mein Busen schon zuviel? Die Farbe meines Haars? Siehst du meine Haut noch glatt oder schon faltig wie ein Butterbrotpapier?

Billeteur *Tamira zurücktretend und Agenor vorzerrend:* Und er steh nicht da mit der Hand im Hosensack, der andern in der Nase. Natürlich soll er sein, aber nicht gemein. Nicht durch die Zähne sprechen, sondern mit gehörig offenem Mund. Dabei nicht spucken.

AGENOR *zu Tamira:* Wenn du mir diese Augen aufzentrierst, deine Geometrie sich derart integriert, was bleibt mir da noch viel zu rechnen, was erübrigt sich zu sagen? Selbstverständlich will ich die Hypotenuse deiner Schenkel sein, die Wurzel zur Kubikpotenz. Laß mich den Vorteil der binären Zahlen dir, Verhältnis sein.

BILLETEUR So versteht sie es doch nicht. Du mußt ihr schon was singen.

Arie, AGENOR

[Motto: Wer die Treue halten will, braucht beide Hände.]

Per me rispondete, Begl'astri d'amore: Se voi nol sapete, Chi mai lo saprà?	Zu mir respondiere, du Gfrast in der Liebe, sei ehrlich, gestehe, gibst bei dein Trara?
Voi tutte apprendeste Le vie del mio core, Talor che vinceste La mia libertà.	Gibst her das Abtrennteste, s Leben aus der Hand, Freiheit und auch s Horrendeste meiner Liebe dar.

Agenor setzt sich verliebt, verträumt auf den Billeteurstuhl.

I/5

TAMIRA *für sich und zum Billeteur:* Das hat funktioniert. Schöne Augen, etwas Bein dazu gezeigt, zum Kiefer ihm verstauchen, *den Billeteur zärtlich umgarnend*, schon ist er das, was meinen Plänen voll entspricht.

BILLETEUR Gschamstadiener. Schämst dich nicht, ausgeschamter Creolen-Trampel?

TAMIRA Wieso? Er war schon damals in mich eingefahren, hat sich fest in mir gefroren und mit sich genommen, was man im Deutschen Ehre nennt.

BILLETEUR Im Wienerischen Pipihäutl.

TAMIRA Nun bleibt der Rutscher mir nicht unvergolten, macht sich selbst mit sich bezahlt und bringt mir jenen Thron, den Ungerechtigkeit entfernte, wieder her.

BILLETEUR Na, wenn man es von der Seite her betrachtet.

TAMIRA *zu Agenor gehend:* So hartgesotten, wie ich dachte, Götter, seid ihr nicht. Gewiß, in Elend habt ihr meinen Luxus umgekehrt, habt meinen Thron mit einem Ziegenstall vertauscht, *leise:* mich grausts. *Wieder laut:* Meine Anmut, die einst teurer Schmuck verhing, ist heute bloß und nackt. Die Düfte und Parfümerien, die damals mich umwölkten, sind heute ausgetauscht mit Erdgeruch, Dünger, Ziegenschweiß und Mehl. Dafür habt ihr mein Herz beschenkt mit diesem lieben Mann.

AGENOR Tangente, Kosewort und Sinuskurve! Sie spricht noch immer prinzessial. *Er geht ab, bleibt aber immer wieder stehen, um ihr zuzuhören.*

Arie, TAMIRA

[Motto: Begeisterung kennt keine Grenzen.]

Di tante sue procelle	Jede Tante, jede Schrapnelle
Già si scordò quest'alma:	kann singen fast wie die Callas,
Già ritrovò la calma	kann Wäsche haben von Palmers,
Sul volto del mio ben.	das Glück von mir hat sie nicht.

Fra l'ire delle stelle	Mein Jubel an dieser Stelle?
Se palpitò d'orrore,	Sein Bartwuchs, die Statur,
Or di contento il core,	ein Spitzenmodell der Natur.
Va palpitando in sen.	Ein Glück ohne ihn gibt es nicht.

Nachdem sie aufgehört hat zu singen, läuft der Billeteur zu ihr, applaudiert. Sie macht Große-Künstlerinnen-Gesten. Beide murmelnd ab. Musik klingt noch nach. Stille.

I/6

AMINTAS *rückwärts und gebückt über die Bühne gehend, die Hand an der Stirn und dorthin sehend, woher er kommt:* Was kommt da angeflogen, Wirbelwind? Was huscht so schnell durch Jahreszeiten? Was kommt so wieselflink und flott? Ist das ein Bote, den ich eilen sehe. Falls ja, was hetzt ihn? Ob etwas ausgebrochen ist, ein Krieg, Seuche, gar ein Gerücht? Ob es sonst noch etwas geben kann, das zu wissen unerläßlich wäre? Was kommt da angeflogen, Wirbelwind? Was huscht so schnell durch Jahreszeiten? Was kommt so wieselflink und flott?

ELISAS *Stimme, sie selbst ist noch nicht zu sehen:* Amintas!

AMINTAS *stehenbleibend:* Amintas ist's? Der Name klingt mir so verwandt. Moment! Bin ich nicht selbst derjenige, der daher demnach kommt? Doch bin ich nicht schon da? Wenn ich erst komme, scheinbar nicht. Wer ist dann hier, löst dieses Rätsel auf?

ELISA *keuchend:* Amintas, taubes Rohr, der Vater, du glaubst es, glaubst es nicht, stell dir, du verstehst es, verstehst es nicht, hat ja, ja, und gemeint hat er, gesagt, und daß, und Mutter hat geweint, was sie auch machen sollen, mit einem so wie du, trotzdem. Freust du dich?

AMINTAS Du sagst, sie stimmen zu? Sagst du es?

ELISA Das, das sage ich.

AMINTAS Sie hätten, Liebste, ja gesagt, eingewilligt gar in unser Hoffentlich. Du meinst, nein sagst, sie hätten kein Zaudern mehr, nähmen mich zum Schwiegersohn? Sagst du das? Daß auch in ihren Augen ich, mein Einkommen sich teilen läßt, durch zwei geteilt zum Auskommen noch reicht.

ELISA Das sage ich.

AMINTAS Ach Liebste, wenn das Wahrheit ist, dann trifft das Glück diesmal den Richtigen, *trampelt mit den Füßen vor Freude.* Applaudiert ihr Füße. Bäume kudert, Ziegen grinst. Das Begehrenswerteste, was diesem Boden je entsprossen ist, ist sein Begehren nicht mehr wert, sondern gehört, ja, spitzt die Löffel Halme, Hupfer, gehört schon bald nur mir. Mir, mir, mir. Wenn das kein Fest ist, kein Elysium, will ich nicht Amintas sein, ein Ibner Hirte hier von hier. Ist es ein Traum, der dieses Glück mich schmecken läßt, oder logiert tatsächlich Himmel jetzt in meiner Brust? Wenn das die Wahrheit ist, so schwöre ich heute, hier, eine Wallfahrt nach Maria Taferl, Engelhartszell und Fieberbrunn.

ELISA Du schwatzt, Geliebter, jetzt schon wie ein Reiseleiter. Wie wird das erst im Stand, du bist, das traue ich dir an, und quatschst mir beide Ohren zu. Und wenn du, Gott behüte, einmal stirbst, wird separat man müssen, dein Goscherl noch erschlagen. So erfüllen wir uns keine Pflicht. So vermehren wir uns nicht.

AMINTAS Bin schon Fisch, Geliebte, stumm, so durchtauche ich mein Glücksaquarium.

I/7

AGENOR *in anderer Kleidung, sich fortwährend verbeugend:* Erwählter Stand verlangt Gebühr, empfange er, in Position Gehievter, erste Huldigung von mir, dem niedrigsten aus seiner Dienerschaft.

AMINTAS Für welches Schauspiel übst du da, seit wann erprobst du dich in dieser Gunst?

AGENOR Kein Theater, kein kinetisches Modell, *verbeugt sich*, Ihn meine ich, der Herr gibt Ihm dazu den Stand, die Verfassung das Geländer, das göttliche Prinzip den Halt.

AMINTAS Ihn? Mich? Ich bin doch nichts, ein Niemand nur, ein Schatten jeder historizistischen Figur. Ein Komparse nicht einmal, ein Null und Josef hinter jedem Komma. Ich habe nichts und nie besessen, und auch dergleichen nur getan. Also, Agenor, ich bitte dich, beschlage nicht mein Liebesglück mit Heuchelei, messe mir deine Anzüglichkeit nicht an, du warst in Wels, in Linz sogar, und doch, ich warne dich, wenn du noch weiter fortfährst, erlebst du mich entblößt. Das wird auch dir neu sein.

AGENOR Kein Zynismus, keine kleinste Menge Ironie, auch mir sind diese Formeln neu, erfuhr ich sie doch selbst erst erst. Nur kurz, dann bringe ich es Ihm bei, sage, wer er wirklich ist.

ELISA Wer? Wieso? Amintas, was heißt das jetzt? Bist du nicht Amintas, Schäfersbursch? Womöglich schon versprochen?

AGENOR Nein.

AMINTAS Ich bin nicht, der ich bin? Doch zweifellos ja da. Beiße ich etwa hier hinein, *beißt sich in den Arm*, tut es doch weh, und schlage ich da hinauf, *schlägt sich auf den Kopf*, so spürt wer was, derselbe auch erinnert sich. Wer aber ist's? Wo kommt er her? Wie heißt er? Sprich.

AGENOR Er ist Seier, einziger Erbe des Ibner Throns.

AMINTAS Ich?

AGENOR Dein Vater selbst war König hier.

ELISA Alectos?

AGENOR Das war sein Pseudonym. König Seifried war er vulgo, bis der Straton kam, Tamiras Vater, hat ihn weggejagt, wie jetzt der Sire ihn. Seifried aber, euer Vater, hat noch siechend euch dem meinen anvertraut, der zog euch auf wie mich, auf daß die Zeit sich ändere, der Posten neuerlich Vakanz bekäme.

AMINTAS Bist du sicher, adoptierter Bruder?

AGENOR Ich selbst bin Minister für Inneres, Befehlshaber von Sires Heer.

AMINTAS Du?

AGENOR Ja. Ich hab's zu was gebracht. Daß die Königs-Stelle frei ist, bin ich sicher. Detto, daß du die Optimalbesetzung bist. *Für sich:* Das heißt, vielleicht hat mein Vater ja den eigenen Sohn, also ihn, mit mir, der ich der eigentliche bin, vertauscht. Dann wäre der der Hirtensohn und ich der Erbe von dem Ibnischen sein Thron. Mein Vater wäre seiner und seiner wäre meiner, eine saubere Konstellation.

ELISA König, Seier, Majestät von Ibn, ich habe es immer schon, Amintas, du kannst sagen, was du willst, ich wußte es, Großes habe ich gesehen, und wie es in dir steckt. König, Majestät von Ibn. Ich wußte es, immer schon.

AMINTAS Wenn das stimmt, ich König wäre, würde sich alles ändern. Zuerst die Steuern senken, dann wöchentlich ein Fest. Mit Leuteschinderei, dergleichen wäre es vorbei. Die Folter würde ich verbieten, ebenso den Strick. Ein Hallenbad ließe ich bauen, einen Kindergartenplatz für alle, 70-Stundenwoche, Sozialabbau noch und noch. Ich würde alles ändern.

AGENOR *für sich:* Lange wird der nicht König sein, dafür sorge ich schon. *Laut:* König, mein König, versprecht euch nicht zu schnell, der andere wartet schon. Der Hackebucher wird euch weisen, euch alles zeigen, obendrein ist er seines Zeichens heiß, im Disput mit seinesgleichen zu bestehen.

ELISA Aber von der einwandfreien Seite ist er doch, der blaublütige Geselle? Meinen Amintas, hörst du, rührt mir kein Schweineigel an, kein Stinkefinger kommt ihm nahe, kein hinterfotziges Gestell.

AGENOR Was erlaubt sie sich. *Will sie ohrfeigen, blickt sich um. Kurze Pause.*

Der Billeteur kommt nicht, kommt doch, einen Kuß-

mund auf der Wange. Er weiß seinen Text nicht. Agenor souffliert ihm.

BILLETEUR *auf die Bühne stürzend:* Zurück, Ungehaltener. Schau, die müssen erst ihr Glück verkraften. Halt ein bisserl viel für einen Akt. Lassen wir sie erst verdauen, ein bisserl turteln wollens auch. Üben wir uns in Diskretion. *Beide gehen kumpelhaft ab.*

AGENOR Lange bleibt der sowieso nicht König. Ich habe auch ein Recht. Zuerst hochzeite ich Tamira, zweitens werden wir sehen.

BILLETEUR Na, wir werden sehen.

AGENOR Wenn das nichts nützt, kenne ich drittens Mittel, Wege.

BILLETEUR Na, wir werden sehen.

AGENOR Bitte nach dir.

BILLETEUR Nein, nein, ich bitte dich.

AGENOR Nein, dir gebührt der Vortritt.

BILLETEUR Ich lasse ihn dir.

AGENOR Bitte, sei nicht kindisch, geh.

BILLETEUR Nein, ich bitte dich.

Beide gehen gleichzeitig, stoßen zusammen und prallen zurück.

AGENOR Bitte nach dir.

BILLETEUR Nein, nein, ich bitte dich.

AGENOR Nein, dir gebührt der Vortritt.

BILLETEUR Ich lasse ihn dir.

AGENOR Bitte, sei nicht kindisch, geh.

BILLETEUR Nein, ich bitte dich.

Beide gehen gleichzeitig, stoßen zusammen und prallen zurück. Die Szene kann mehrmals wiederholt werden.

I/8

ELISA Amintas, wenn dir die adelige Damenwelt Augen um die Füße garnt, du stolperst mir doch nicht. Wenn dir der Hofstaat Redeweisen streicht, man dich in Satin und Seide steckt, deine Haarpracht scheitelt, pudert und dir gleich dem Dinkelbrot das Näschen staubt. Du fällst mir nicht, hörst du, fällst mir nicht darauf herein, und vergiß, versprich mir das, mich nicht. Versprichst du es? Dich nicht mit Sünden einzudecken, mit Antikeuschheit, Unmoral. Versprichst du das? Sicher, die Hofdamen werden dünner sein, ihre Brüste voller, seidiger ihr Haar, doch das, Amintas, zählt nicht hoch, rechne mit innerlichen Werten, und, versprich es mir, bleib standhaft Mann.

AMINTAS Dich lassen, hör ich recht. Dich gar vergessen, traust du mir zu. Elisa, Schneeglöckchen, ich liebe dich, und daran ändert nichts auch nur ein klitzekleines Etwas da daran. Meine Liebe ist alle Hemisphäre groß, massig wie Unbekannte beim Kondukt, und zärtelnd wie Frottee, das ist meine Liebe, die ganz auf dich geschossen ist. *Für sich:* Andererseits, solange nichts noch nicht beschlossen. Man soll sich ja nicht vorschnell. Bislang fehlte mir Vergleich, vielleicht gibt es ja andere, nicht so bieder, nicht so bleich, die eher zu mir passen täten? Ach was! Andererseits, solange nichts noch nicht versprochen ist, wer weiß.

ELISA Wenn du mein Herz, Geliebter, pumpern hörst,

verzeih, es schlägt Finali voller Glück, in meiner Kehle bläst alle Blasmusik, ein Kachelofen schon ist meine Brust, so taumelnd bin ich heiß vor Freude. Bereit, das alles mit dir auszustehen, für dich.

Duett

[Motto: Die Liebe versetzt Berge.]

Elisa:	Elisa:
Vanne a regnar ben mio,	Wann, dann regiere mit mir,
Ma fido a chi t'adora	mein fideler Chiquitamohr.
Serba se puoi quel cor.	Schwüre sind blöd, drum versprichs.
Amintas:	Amintas:
Se ho da regnar ben mio,	Still, dann regier ich mit dir,
Sarò sul trono ancora	als dein eloquenter Bumstineger-chor,
Il fido tuo pastor.	Stühle sind Tisch, drum vergiß'.
Elisa:	Elisa:
Ah che il mio re tu sei!	Hach, daß mein König du seist!
Amintas:	Amintas:
Ah che crudet timor!	Hach, du denkst das Krude ledig!
Elisa, Amintas:	Elisa, Amintas:
Ah proteggete o Dei,	Hach, daß du mir als Liebe bleibst,
Questo innocente amor.	unschuldig, voll und ewig.

Die Bühne wird finster. Im Hintergrund beginnen leise die Umbauarbeiten. Amintas tritt an die Rampe. Leise Musik.

AMINTAS König also bin ich und nicht Hirtensohn. Seier jetzt und Seifriedsohn anstatt Amintas und Alectos-Filius. Ich bin nicht ich und doch in mir. Meine Geschichte ist verdreht, mein Bogen überspannt. Wer bin ich jetzt? König also und kein Hirtensohn. Bin ich derselbe noch oder bloß nur mehr der gleiche? Bin ich noch ich? Steht meine Identität das aus? Wie? Was ändert sich? Alles, wogegen ich einst war, bin ich jetzt selbst. Man denke. Alles andersrum. Die Ideale umgekehrt, ein Spiegelblick, schon hat sich was gesetzt in mir, Dickleibigkeit, Erwachsensein, es staut sich auf, belädt, zieht mich hinab, Verantwortung, woher bist du so fett? Man denke. Alles andersrum. *Die Musik wird laut, die Bühnenarbeiter machen polternd Lärm, Amintas wird wie ein Requisit hinausgetragen.*

2. Akt

Bühne
Lager. Eventuell eine Befestigung aus Pappschachteln, Papp-Soldaten, -Wachhäuschen und -Zelten auf kleinen Rädern, die je nach Bedarf von den Schauspielern selbst verschoben werden können. »Provisorienpalast« hängt als Spruchband oder steht in Neon. Während des gesamten Akts, oder zumindest bis zu seinem Einsatz, ist Wolf damit beschäftigt, Handlangerdienste zu besorgen (Mikrophonständer aufstellen und wegtragen, den Musikern Bier und Wurstsemmeln bringen, etc.).
Die Bühne wird zur Musik (Variation der Ouvertüre) umgebaut. Agenor und Elisa sind daran beteiligt, am Ende sitzen beide Rücken an Rücken.

AGENOR *steckt sich Orden an und murmelt:* Für dauernde Tapferkeit ... ausdauernde Verdienste ... fortwährende Schneid ... *usw.*

ELISA Da also wohnt der König, residiert. Da also muß ich her, den Geliebten wiedersehen. Wie wenn er nicht aus freien Stücken mir Nachricht hätte geben können. Oder haben sie ihm lang, den Kopf gedreht um 180 Grad? Oder steigt er vielleicht blind, Frauenzimmern in die Garderobe? Dann warte, hat sichs ausgezimmert, wird dir auf der Stelle alles eingerissen, daß nur Trümmer bleiben und Ruinen. Schwört mir Treue, Ehe? Und was macht er? Meldet sich fünf Tage nicht. Den Verlobten lob ich mir, mein lieber Figarofalott.

AGENOR Hoppala, wer hat seinen Schritt mit dieser Schneid geführt? *Beide springen auf.* Was will die stutengleiche Statuette? Auf welche Statuten beruft sie sich? Eine Spionin? Welchem Grundsatz ist sie entflohen, an was für Festen Ihr gelegen, daß sie sich in dieses gravitätisch aufgestellte Lager wagt?

ELISA Wer will das wissen?

AGENOR *packt sie:* Er will es wissen.

ELISA Laßt mich los, Grobian. Ihr kennt mich doch, ich bin Elisa, dem Amintas seine.

AGENOR *trägt sie ein Stück:* Im Dienst kenne ich nichts und keinen, keine, nur Paragraphen sind mir da bekannt.

ELISA Auf der Stelle laßt Ihr mich gehen, zum König will ich, muß ihn sehen.

AGENOR *läßt sie los, um zu verschnaufen. Elisa geht Richtung Königslager:* Der König, halbwertiges Subjekt, ist arbeitsmäßig frequentiert, saugt gleich einem Kapillargefäß an der Hackebucher Liquidität. Neue Steuern destillieren ist sein Aggregatzustand, der Staatshaushalt sein Diagramm, Abführung der Haupteingang. Gründe induziert er, Möglichkeiten, für die Seinen, legal legislativ ihre Untertänigkeit zu unterstreichen.

Agenor läuft ihr nach, packt sie und trägt sie wieder ein Stück zurück.

ELISA Auf der Stelle laßt Ihr mich gehen, zum König will ich, muß ihn sehen.

AGENOR *läßt sie los, um zu verschnaufen. Elisa geht wieder Richtung Königslager:* Der König, halbwertiges Subjekt, ist arbeitsmäßig frequentiert, saugt gleich einem Kapillargefäß an der Hackebucher Liquidität. Neue Steuern destillieren ist sein Aggregatzustand, der Staatshaushalt sein Diagramm, Abführung der Haupteingang. Gründe induziert er, Möglichkeiten, für die Seinen, legal legislativ ihre Untertänigkeit zu unterstreichen.

ELISA *geht erneut:* Den Hackebucher meine ich nicht. Amintas, den Ibner Herrscher will ich sehen. Das ist mein Recht, du Promenadenmischungs-Zerberus.

AGENOR *läuft ihr wieder nach und trägt sie erneut zurück:* Recht und Gesetz sind sich verbandelt, doch was herauskommt, ist ein Drittes. Unter uns: Zum Uterus verschandelt. Der Ibner König ist genausowenig für dich da. Dort drüben sitzt er im Geschäft, zu stören ist anorganisch untersagt. *Er stellt sie ab.*

ELISA Anorganisch! Unmenschlich!

AGENOR Das habe ich nicht gehört.

ELISA Hier ist nicht da, und da ist nicht dort, drüben ist Ferne, und Nähe bleibt trüb. Da ist nicht hier, und dort ist nicht da, der Geliebte so nahe und doch nicht zu sehen. Gerecht ist nicht gerecht und linkisch das Gesetz, ich gehe. Die Dinge bleiben unverrückt, verrichtet hat sich nichts. Umsonst das Haar gedreht, die Nägel angestrichen. Für nichts die Wimpern onduliert, die Titten aus dem Leib geschnürt. Gerecht ist nicht gerecht und linkisch das Gesetz, ich gehe.

AGENOR Verschwind jetzt endlich, geh.

Arie, ELISA

[Motto: Wir können den Erdrücker nicht erdrücken, aber den nächstbesten Erstigen ersticken.]

Barbaro! o Dio mi vedi	Grobian, du tust mir weh,
Divisa dal mio ben:	begrüßen will mein Bein,
Barbaro, e non concedi	Grobian, Hühneraugenzuzler-Schmäh,
Ch'io ne dimandi almen.	geh mir vom Fuß, du Stein.
Come di tanto affeto	Kommen die Taten antarktisch?
Alla pietà non cedi?	Scheidungsgründe vor der Eh?
Hai pure un core in petto,	Herrgott, du bist nicht didaktisch!
Hai pure un'alma in sen!	Herrgott, du Sturschädel-Bein!

AGENOR Verschwind jetzt endlich, geh.

Elisa ab.

II/2

AMINTAS Hat der Elisa Stimme nicht eben meinem Ohr gelutscht, gab dieser Schatten nicht, noch weggehuscht, den Luxus ihrer Schönheit preis? Oder gaukeln Hirngespinste meinen Sinnen vor. Sind das die Erben jenes Weingenusses, in den zu fallen ihre nicht vorhandene Existenz mich zwingt, damit zumindest etwas in mir respondiert?

AGENOR Von wegen König, deine Sinne haben reüssiert und die Gestalt auch treffend resümiert. Doch ist sie kondensiert und, wie der Volksmund sagt, abgedampft.

AMINTAS Fort?

AGENOR Fort.

AMINTAS Welch ein Unglück stirngereiht. Ist sie ungünstig gelaunt? Unter Umständen ungefällig umgeknickt? Oder unansprechbar, nicht ausgeschlafen, ungeschminkt? Ich sitze mir hier die Sehnsucht wund, sie aber findet es nicht wert, zumindest mich zum Gruß zu sehen. Grüß Gott, mein Schatz, bei meiner Ehre, meinem Hals, dieses Ungewisse wird sich klären. *Er will ihr nach.*

AGENOR *hält ihn zurück:* Dageblieben König. Halt.

AMINTAS Was? Wer befiehlt denn einem König, lernt man schon beim Schach, außer seiner Dame?

AGENOR *seine zehn Finger abzählend:* Seine Geschichtlichkeit, die Transparenz, das Bergersche Problem mit Brücken, das Ansehen unisoundso, ebenso wie die Moral, Elmayers Sittlichkeit, ein Bogen Recht, Vernunft per se, die Regeln unserer Logik, das göttliche Prinzip und letztlich auch die Pflicht. – Mehr sind es nicht.

Amintas geht unbeeindruckt weiter, trifft aber kurz vor dem Abgang auf den hervortretenden Billeteur. Beide starren sich an. Agenor läuft dem Amintas nach, legt ihm die Hand um die Schulter und diktiert ihm so einen Gang zurück zur Bühnenmitte. Der Billeteur geht, beiden lauschend, hinterher. Beide drehen sich um. Der Billeteur stellt sich pfeifend unbeteiligt.

AMINTAS Als Hirte war ich nur den Ziegen haftbar, als König selbst bin ich mein erster Untertan und doch der letzte Dreck. Kein Haarbreit Mensch mehr, nur auszuführendes Organ. Ein Ausgang bin ich meinem Volk, ein Schließmuskel an Körperschaft, daß mir diese Königsschaft schon schwer im Magen steht.

AGENOR Reißt euch zusammen.

Amintas Euch? Ach. Ich bin ja bloß ein einziger, ein mit mir allein. Ich persönlich bin Tautologie. Zwar besitze ich die Macht zur Umverteilung, zu neuen Steuern und Erlässen. Zum Vergnügen kann ich Leiber spalten und Betrüger köpfen lassen, 27 Mätressen liegen brach und breit, mich zu betreuen, ebensoviele Köche, brav und bereit, mich zu erfreuen. Diese Macht, ich muß nur in die Hände klatschen, *klatscht und ein gebratenes Huhn fliegt auf die Bühne*, besitze ich. Doch bin ich ohne Macht für mich, persönlich liege ich im Koma. Tun und lassen war einmal. Die Etikette würgt. Besprechung da und Sitzung dort, dem Schneider meine Maße geben, phuh, dem Konzertmeister Musikgeschmack, dem Gärtner Lieblingsduft, phuh, daß keine Zeit mehr bleibt. Alles viel zu anstrengend für mich.

Billeteur *klatscht auch, wieder fliegt ein gebratenes Huhn auf die Bühne, erschrocken:* Phuhu. Da regnets Hendln. *Wieder normal:* Resümieren wir, aber psst. Ich will nichts gesagt haben. Von mir erfährt keiner nichts. Daß A: Amintas König werden soll, was ein famoser Aufstieg wär, für einen, der Amintas heißt, was wie ein Zahnputzmittel klingt. Allerdings hätte er dann für B: Elisa keinen Platz. C: ist Agenor noch interessiert, von mir erfahren Sie nichts, nicht daß Amintas ledig bleibt und kinderlos, sonst könnte ihn der Marmeladinger entkernen, die Körperschaft dann erben. Das wäre ihm zuzutrauen. Aber psst. Sie haben nichts gehört, und wenn, dann nicht von mir.

II/3

SIRE Der ofenfrische König steht noch immer, wie ich sehe, in seiner alten Kruste. Warum? Gefallen Ihm die aufgesteppten Mäntel nicht? Sind die goldvernähten Stiefelchen zu seicht? Fühlt er sich nicht trächtig in seiner neuen Pracht, daß er rachitisch immer noch die Kluft betont, das Abgerissene seiner Erscheinung?

AMINTAS Das neue Outfit steht, mein König, mir, als wäre es für mich gemacht. Doch bin ich als Erscheinung nicht zu flatterhaft, daß mich dieser Anstrich in den Scheffel putzt? Bleibt mir mit dem Schafsgesicht nicht auch das sennische Gemüt, das mich als hiesig und gemein beweist? Wie denn soll ich König sein, wenn ich nichts als Almen kenne? Was soll ich Kriege führen, Tänze und Konversation, wo ich noch nichts gelernt, als daß die Herde nicht auseinander geht? Und Amtsgeschäfte leiten mit meinen nicht mehr filigranen Händen? Wie man Schnaps macht, Butter, Käse, weiß ich, welche Kräuter heilsam sind, welcher Tee wogegen hilft und wo die fetten Wiesen blühn. Von allem anderen auf dieser Welt fehlt mir die Ahnung und der Kosmos. Ich rate daher, König Sire, wir vergessen das. Nehmt den nächsten aus der Reihe, bewiesen nichts und nichts publik. Der Agenor hätte Zertifikate, der Bursche hat Benehmen, Manieren und Qualifikation. Ich hingegen spreche das noch nicht einmal korrekt.

BILLETEUR Mit soviel Selbstlosigkeit bespritzt, sieht

Agenor sich nicht mehr aus, gesteht, daß sein tiefer Bruder vielleicht doch der Höherveranlagte ist.

AGENOR *für sich:* Jetzt oder nie. So rasch wird diese Stelle nicht mehr vakant. *Laut:* Mein König, wenn ich zu bedenken geben darf.

SIRE Quitte, kriech er mir hier nicht in den *gedehnt:* königlichen Aprikosenarsch.

AGENOR *schluckt eine Pille:* Mein König, was ich sagen will, der Vater, meiner, vielleicht hat er uns ja auch vertauscht.

SIRE Kriecherl. Ist er jetzt still! Der Zweifel zeugt von wahrer Könnerschaft. Auch Monarchen fallen nicht aus dem Kaffee. Er ist nicht dumm, Amintas, bloß ungefiltert, seine Ebenmäßigkeit übertüncht den Schweinsgeruch. Was er nicht chauffiert, kämmt Ihm ein Ministerstab. Zepter und Apfel schwingen kapiert jeder. Und wenn er erst im Purpur eingesponnen ist, geht es Ihm auch gleich geraten. Außerdem bedenk er seine Stellung. Zum Vergnügen kann er Weiber spalten und Bürger schröpfen lassen, 27, zum Stessen oder Dreschen, Hostessen liegen dumm oder gescheit, Ihn mit Köstlichkeiten zu beliebigen, genauso Haubenköche, stumm und bereit, Ihn mit Fernöstlichkeiten zu befriedigen. Diese Macht, er muß nur in die Hände klatschen, hat er. *Er klatscht, und ein gebratenes Huhn fliegt auf die Bühne.*

AMINTAS Mir bleibt ja nicht einmal die Wahl. Das ist das Nachtschattengewächs dieser Regierungsform. Na denn, füge ich mich, was bleibt mir übrig, in mein goldenes Fliesen-Schicksal.

BILLETEUR *umarmt ihn:* So ist es vorgeschrieben.

Schau, jeder gibt ein bisserl nach. Alles biegt sich irgendwann. Und wenn es nicht vor Lachen ist, so ist es Altersgram. *Beide ab.*

AGENOR *achselzuckend:* So ist es recht. *Für sich:* Mir nicht. So schneide ich ihm die Gurgel auf, so drücke ich ihm das Hirn heraus, dem Hirzepinzchen. *Er schluckt eine Pille.* Dem zeig ich es.

II/4

SIRE Jetzt, der Stern drängt fort, unser Ruhm will unerhörte Zinsen, hops. Bis dato unbekannte Sippen will er erst erobern, brechen, auseinanderschnippen und dann kitten. Auf wüste Ländereien will er seinen Gimpel drücken.

AGENOR Wer?

SIRE *springt Agenor auf die Schulter und reitet:* Unser Ruhm, sich derart einzuschreiben in das Stammbuch dieser Göre Historie. Zuvor jedoch verlangt uns, dem Amintas seine Krone aufzuharzen, den Steckling aufzupfropfen in das Ibner Königsbeet.

AGENOR Amen.

SIRE Bloß ein kleiner Unkrautschatten trübt das Makellose unserer Leber, artet unbehandelt, wenn es hergeht, aus zum Tumor. Daß Tamira nämlich als lose Zunge noch herumschmalzt, die Hochgenüsse unserer Taten ins Unverzeihliche versiebt. Unerhört, was diesem Frauenzimmer womöglich noch an Horden alles einzufallen droht, uns schlecht zu machen, dem neuen König hier zu schaden, und so weiter. Hier dagegen käme sie zweifelstochter nicht umhin, der Geschlechtlichkeit ...

AGENOR Gerechtigkeit.

SIRE Der Gerechtigkeit zu zollen, Sire, dem König von Hackebuch. Doch nein, sie ist geflohen, feiges Stück.

AGENOR Sie ist hier.

SIRE Wer?

AGENOR Tamira.

SIRE *jubelnd:* Dann nehm er schnell die Beine in den Mund und sprich sie, die Tamira, her, damit ihr Echolot uns nicht länger in die Ruhmes-Ruhe bellt. Wir zeigen ihr, wozu ein wahrer Peacelifter und Friedenspissoir fähig ist. Wir nehmen den Kurrentsatz ihrer Zähnealogie, den Kukidentsatz Vorbiß ihrer Ahnen, der Tamira Hand allegatorisch, sie in dem Amintas die seinige zu legen.

AGENOR Die Hand?

SIRE Nein, die arrangierte Ausrangierte. Tamira selbst.

AGENOR *läßt Sire fallen, dieser plumpst zu Boden:* Josefmariaundjesus.

SIRE Mit dieser kleinen Geste verschränken sich die Klassen. Er steigt auf zum Thron, und sie fällt nicht herunter.

AGENOR *fällt selbst, daß beide nebeneinander sitzen:* Jesusmariaundjosef.

SIRE *aufstehend:* Was ist? Er scheint die unerhörte Tiefe meiner Respektive nicht zu sehen. Wo bleibt der Jubel, der Applaus? Sitzt er auf der Leitung?

AGENOR Eure Weisheit, Sire, *leise:* ich erschieße mich,

wieder laut: macht mich perplex. Diese Weisheit, ich gestehe, zwingt mich demütig ins Eck. *Leise:* Ich bringe mich zu Ende. Was für einen Sinn hat dieses Dasein noch? Ist der Tod nicht Schlaf, worin man fröhlich lächelt. Kein Unwesen treibt sich mehr in einem, wenn man verwest, kein Schmerz flaniert. Kein Wollen, kein Begehren bevölkert noch die Esplanade.

SIRE Nur, warum verliert er Farbe? Zittert Gänsehäufchen, Haut, und schwitzt ins Freie seiner Hand.

AGENOR *noch immer am Boden, für sich:* Die Stellung erst und jetzt auch noch die Frau. Das überleb ich nicht. *Er schluckt eine Pille. Laut:* Vor Staunen, König, Freude, Ehrfurcht und Respekt. *Leise:* Ich überlegs mir noch. Man soll nichts überstürzen. Oder soll ich beide richten?

Arie, SIRE

[Motto: Über Mut steht Mustopf.]

Se vincendo vi rendo felici,	Seht Wünsche, wie er rennt, das Glück,
Se partendo non lascio nemici,	seht, Hoffnungen hüpfen ein Stück,
Che bel giorno fia questo per me!	Tschinellen und Pauken für mich!
De' sudori, ch'io spargo pugnando,	Den Suderern, Nörglern verschlägts
Non dimando più bella mercè.	bei mein Ruhm ihre vorlauten Sprüch.

Sire wiederholt die Arie bei den Musikern, setzt sich dort und geht dann unbemerkt ab.

II/5

Amintas *vom Billeteur auf die Bühne geschubst und mit diesem im schnellen Dialog, die Texte in Klammern spricht der Billeteur:* Was, was sag ich bloß? (Sag bloß?) In welche Richtung bricht mein Pendel aus? (Bricht aus?) Ja, als Hirte weiter weiden, im unbeschwerten, durch nichts getrübten Aussteiger-Paradies? (Das gwies.) Oder nein? (Nein?) Ja, dem monarchenpostisch pflichtgetunkten Leben? Was, was sag ich bloß? (Sag bloß?) In welche Richtung bricht mein Pendel aus? (Bricht aus?) Wär bloß der Purpur nicht spektakulär, das güldene Dasein so madams kurios. (Kurios?) Die vielen Köstlichkeiten, die meinen Sinn in diese Richtung dirigieren. (Ja?) *Nasaler:* Es allen endlich zeigen, den Abortgesichtern, die mich jahrelang verspottet, Hans Wurst gerufen, faule Haut. (Nein?) Diese Bande jetzt beherrschen, die würden wohl was schauen. (Was schauen?) Zuerst die Bauern (Kartoffelstrizzis), dann der Pfaffenklub (Kuttenbrunzer) und Elisa. (Was, die auch?) Nicht direkt, und doch des Königs Recht, der frischesten Jungfrauen Region zu inspizieren (ich verstehe), nichts aufzustülpen weiß. (Nein?) Ein flottes Don-Giovanni-Leben sehe ich mich bereits führen. (Ahso?) In Jachten schwelgen, Ferraris, Villen und Brokat. (Ja?) Oder doch ein Hirte bleiben? (Nein!) Dem reinen Leben treu? (Niemals!) Freud-, feind- und pflichtenlos in Wiesen lungern (nein), nichts verantworten und nichts zu formulieren. (Nie!) Was, was sag ich bloß? (Ja, was?) In welche Richtung bricht mein Pendel aus? (Bricht aus?) Wer hilft mir die Entscheidung treffen? (Ja, wer wohl? Ich!) Was?

II/6

Billeteur *geht zu Agenor, hilft ihm auf und stellt im folgenden beide wie Schachfiguren:* Der Amintas weiß noch immer nichts, was er jetzt wollen soll und wie ihm gschieht. Das ist das Corpus delicti für den Agenor, er tanzt schon Pas de deux mit seiner Chance. Schauns.

Agenor Noch immer auf des Entschlusses Schneide? Balanciert mein König noch?

Amintas Nein.

Agenor Nein? Er hat sich also schon entschieden?

Amintas Ja, ein Frosch, quak quak, ein Frosch, ich bin ein Frosch, quak quak, ein Tümpel-Kopernikus, ein Frosch-Langosch, haha, ein grüner Warzenüberträger, quak, quak quak, ein Wettervorherseher, gestatten? Frosch, von Beruf Libellenfänger, Frosch, wenn Sie erlauben, quak, Frosch mit Laub und Kehle. Quak, quak quak.

Agenor Ist er verrückt? *Leise:* Der spinnt. Sehr schön. Dem sind die Kröten in den Kopf gestiegen. Wunderbar. So kann der sein Amt nicht nehmen, ich sitze im Hintergrund, und bekomme mit dem Thron auch der Tamira Hand.

Amintas Ein Frosch, quak quak, ich bin ein Frosch, ein Frosch, quak quak.

AGENOR *leise, ballt die Faust:* Sieg, Triumph, Gewinn. Der Blödian kann es nicht werden, mir fällt alles zu. Und Gott sei Dank, ich lebe noch.

AMINTAS *plötzlich wieder normal, Agenor auf die Schulter klopfend:* Hab ich Ihn erschrocken? *Lacht.* Keine Angst, Agenor, nur ein Scherz, nichts weiter.

AGENOR Soll das lustig sein? Nur ein Scherz? Was fällt Ihm ein? Mich derart in Schrecken zu versetzen. Hat er sich also jetzt entschieden?

AMINTAS Genau.

AGENOR Ich hoffe, seine Wahl ist auch fundiert. *Leise:* Wenn der sein Amt nicht nimmt, sitz ich auf der Reservebank, und bekomme mit dem Thron auch der Tamira Hand. *Laut:* Seinen ganzen Mann abverlangt der Königsjob. Denkt an die Verantwortung. Hingegen als Hirte ginge es Ihm beschaulich. Nun red er endlich. Fällt er oder steigt er?

AMINTAS Er fällt.

AGENOR Ein schlüssiger Entschluß, ich kann ihn nachvollziehen. *Leise, ballt die Faust:* Sieg, Triumph, Gewinn. Der Blödian verzichtet, mir fällt alles zu. Und Gott sei Dank, ich lebe noch.

AMINTAS Er fällt, indem er seine Herde eintauscht. Die Ziegen wechseln wir mit Volk. Wir kneifen nicht.

AGENOR *leise:* Blutige Hühnerfut, *tritt gegen den Boden:* verdammt. *Laut:* Das wird den König da und dort erfreuen. *Er geht zum Hauptschalter-Hebel.*

AMINTAS Erst recht jedoch meine Begleiterin. Elisa, dieser vorgestellte Frühling, die Fahnen meiner Güte hoch, Waden nicht von dieser Zeit. Ihr Lächeln, diese Maulwurfshügelbrust, ihr schönes Köpfchen, Alpenglühn im Popsch.

AGENOR Ich tu's.

Rondo, AMINTAS

[Motto: Ewigkeit ist redundant.]

L'amerò, sarò costante:	Lahmarsch, korrigiert von Konstanz,
Fido sposo, e fido amante	nicht Würstelfüller und auch kein Popanz,
Sol per lei sospirerò.	sondern ihr unbedingt ergeben, treu.

Agenor betätigt den Hebel. Das Licht geht aus.

In si caro e dolce oggetto	In der karottenpicksüßen Form
La mia gioia, il mio diletto,	befiehlt der Charakter schließlich ernorm,
La mia pace io troverò.	befiehlt auch mich, zu bleiben ihr treu.

Amintas ab.

Der Billeteur schaltet das Licht an. Agenor liegt wie tot am Boden.

TAMIRA *geht, sich schminkend, über die Bühne:* Fehlt mir ein Büstenhalter oder mehr ein Stöckelschuh? Mir ist ein jeder recht. Geld muß er haben, König muß er sein. Ich bin nicht wählerisch, mir ist ein jeder recht. Gleichschauen muß er was. Hauptsache Geld, das verlange ich, und König soll er sein. Ob er Amintas heißt, was ist denn schon ein Name, oder Agenor. Mir ist ein jeder recht, ich bin nicht wählerisch. Agenor wäre mir schon lieber. So kräftig, wie der ist. Fehlt mir ein Büstenhalter oder mehr ein

Stöckelschuh? Mir ist ein jeder recht. Geld muß er haben, König muß er sein. Ich bin nicht wählerisch, mir ist ein jeder recht. Gleichschauen muß er was. Hauptsache Geld, das verlange ich, und König soll er sein. Ob er Amintas heißt, was ist denn schon ein Name, oder Agenor. Mir ist ein jeder recht, ich bin nicht wählerisch. *Ab.*

BILLETEUR Ob die die Richtige für den Amintas ist? Bitte, man kann über alles reden, aber anständig ist die nicht. Die erdrückt doch den Springinkerl, verschwärzt ihm die Farb. Der erstickt in ihrem Wolkerlspeck. Und aus dem Agenor wird Kletzenbrot. Zum Schluß vergreift sich der an sich. *Geht zu ihm hin und versetzt ihm einen Tritt, Agenor schreit.* Bitte, er entäußert sich, ich sag es ja, so schnell entinnerlicht man nicht. Außerdem, was soll aus der Elisa werden? Na, bitte, ich sag es ja, so geht das nicht.

II/7

ELISA Was für ein Unsinn, so ein, daß man das sagt, Schwachsinn, Topfen, der sich da verquarkt, wie könnte man, meinen kann, daß mir der Käse, stell dir vor, gerinnt. Mein Amintas, sagt man, soll noch heute der Tamira Hand in seine, Küßchen drauf und gleich vergeben. Was für ein Unsinn, so ein, daß man das sagt, Schwachsinn, Topfen, der sich da verquackt, wie könnte man, meinen kann, daß mir der Käse, stell dir vor, gerinnt.

AGENOR *kauert in der Bühnenmitte:* Man täuscht dich nicht, es stimmt.

ELISA Es stimmt? Deine Wahrheit muß ein Spiegel sein, der ein Trugbild wiedergibt. Ein Siegel muß sie sein, das die Wirklichkeit verwässert und umschließt.

AGENOR Ich sehe es präzise.

ELISA Und ich bin auch nicht blind. Daß Amintas mich verlassen für den Tamiratrampel haben soll, bitte dich. Das ist so hergeholt wie die heiligen drei Könige zu Pfingsten, Erbsen aus bereits Püriertem. Wer hat dich mit dieser Flunkerei beflogen, welchem Lästermaul verdankst du diesen Speiberlbrei?

AGENOR Er selbst, Amintas ist's gewesen.

ELISA Er selbst? Wo?

AGENOR Hier.

ELISA Wann?

AGENOR Soeben.

ELISA Was sagte er?

AGENOR Daß man dem, von dem man einen Thron erhält, nicht zerzausen soll. Daß er nicht kneifen kann und es nichts macht, ob er die Flanke seiner Stellung mit einem Reibeisen oder einer Zange putzt.

ELISA Dann ist es also so? Läßt mich sitzen wie einen Hefeteig, saublöder Kerl. Bekommt bloß das Lüftchen großer weiter Welt in seine Bauernnase, schon vergißt er alles um sich her. Saublöder Kerl. Mich so im Stich zu lassen. Ich könnte ihn – bei den Eiern fassen, sie zerquetschen.

AGENOR *greift sich an die Lenden:* Au.

ELISA So ihm die Nase drehn, ihm mit Grill-Spießchen in die Augen sehen.

AGENOR *faßt sich ans Gesicht:* Auweh.

ELISA Druckluft dem After in den Ausgang stecken, bis ihm das Gedärme platzt.

AGENOR *greift sich an den Bauch:* Hör auf, versündige dich nicht.

ELISA Jesusmaria, verzeiht mir meine Schlechtigkeit, mein heidnisches Gedankengut.

Stille.

BILLETEUR Die beiden sein schon Hirnathleten, ersinnen einen Konter. Der Plan ist kompliziert und sitten – rücksichtslos. Nämlich: Der Agenor will die Tamira so brüskieren, daß in seiner Variante der Amintas ihren Vater umgebracht. Dann wird sie ihn nicht mehr wollen können, Amintas wieder für Elisa frei, das ist der erste Teil. Nur kann er mit der nicht König sein. Warum? Weil sie nur Hirtin ist. Im Märchen ist das so. Womit, Teil zwei, dem Sire nur die Wahl bleibt, der Tamira den Thron zu geben und den Agenor dazu, oder umgekehrt.

Stille.

AGENOR Denk ihm nicht nach, Elisa, vergiß den Rechenschieber und, das Land ist voll davon, schaue dich nach einem Neuen um. *Umarmt sie.* Oft liegt die Lösung näher, als man denkt. Aparter Mittvierziger sucht ebensolche unter Dreißig zum gemeinsamen Verzehr. Distinguierter, charmanter Herr vermißt in seinem Appartement den Zins. Wer kümmert sich um einen kräftigen, vom Leben betrogenen Manne?

ELISA *ihm zugetan:* Na ja, wenn man das bedenkt.

BILLETEUR *löst beide, alle tuscheln:* Daß das klar ist jetzt.

AGENOR Denk ihm nicht nach, Elisa, vergiß den Rechenschieber und, das Land ist voll davon, schaue dich nach einem Neuen um. *Umarmt sie.* Oft liegt die Lösung näher, als man denkt.

ELISA *löst sich von ihm:* Niemals, eher gehe ich ins Wasser, schlucke Gift oder erdroßle meinen Puls. Mir, der Nasenbohrer, mir hat er sein Herz geschenkt, mir, mir, mir, und wenn er es mir wieder nimmt, der falsche Romeo, dann soll er auch die Konsequenzen hören und alle Welt gleich mit. *Geht ab, blickt sich aber öfters verliebt um.*

Agenor läuft ihr nach. Kurz bevor er sie erreicht, hört er Tamira von der anderen Seite. Er bleibt stehen.

II/9

TAMIRA Agenor.

AGENOR *für sich:* Da, die Irrtum gewordene Fleischperson.

TAMIRA Der Thron, der mich schuldig an sich bindet, ich weiß es schon, reißt mich von deinem Namen fort. Warum hast du es nicht selbst mir beigebracht?

AGENOR Gewiß, ich war dazu bestellt. Doch meine Beine lieferten mich nicht, meine Sprache war vergriffen. Zudem mir ungewiß, ob der Amintas auch der Richtige.

TAMIRA Wieso?

AGENOR Weil er es war, der den Vater euch erschlagen hat.

TAMIRA Nicht möglich.

AGENOR Und ob.

TAMIRA Dann passen wir vortrefflich. Schließlich habe ich ihn auch verraten.

AGENOR Nicht möglich.

TAMIRA Und ob.

AGENOR *für sich:* Jetzt ist alles aus. *Schluckt eine Pille. Laut:* Jetzt aber, ihr verzeiht, mein Weg ist bereits angebrochen. Auf Wiedersehen, spendable Königin, mit besten Wünschen spendiere ich mich. Adieu.

TAMIRA Bleib, ungeschickter Spediteur. Bei meiner Hochzeit zähle ich auf dich.

AGENOR Das vervielfacht mein Malheur. Ich bitte euch, Gebieterin, diktiert mir alles, nur diese Rechnung nicht. Laßt mich, ich bitte euch, hier einen Schlußstrich ziehen.

TAMIRA Erhitz mich nicht mit unverfrorenem Kalkül, was ich dir abverlange, ist kein Feuerlauf, lediglich Respekt. Oder liebst du mich nicht mehr?

AGENOR Vor euch steht ein Hund, der kusch pariert, auch wenn die Spur die Schnur aus erst vernähter Wunde reißt. *Macht den Mund auf und will etwas sagen, aber es kommt nichts.*

Arie, TAMIRA *sie packt eine Krone aus und übt. Ihr Stolzieren wird vom Billeteur parodiert:*
[Motto: Sehnsucht macht blind.]

Se tu di me fai dono:	Sag du doch bleib die Nacht.
Se vuoi che d'altri io sia:	Sag du doch geh nicht fort.
Perché la copa è mia?	Birken schunkeln Kork,
Perché son io crudel?	Birken sind wie Pudel.
La mia dolcezza imita.	Das Mir sehnt sich nach dich.

L'abbandonata io sono:	Das Mir schreit Tag und Nacht:
E non t'insulto ardita,	Ein Du gehört in mich,
Chiamandoti infedel.	ein Du samt seiner – Seele.

Tamira ab.

BILLETEUR Agenor ist ein bodenloser Ehrgeizling, man vergönnt ihm nichts, jetzt aber liegt er hingestreckt und kann Konkurs anmelden. Zinseszinsen. Ob er das verdient?

II/10

Wolf stellt ein Mikro auf die Bühne und deutet Agenor, daß er singen soll. Agenor nimmt ihn nicht wahr. Wolf macht ihn nochmals aufmerksam.

AGENOR Was? Mir ist jetzt nicht nach singen. *Seine Orden wegwerfend:* Kümmerliche Kümmernis, Gemüt, ganz ungemütlich, wenn man denkt, seine Qualen hätten sich erledigt. Doch es brennt. Trostlos ätzt sich diese Trauer mir in meine Hoffnung ein. Ein Schauer Trübsal weht mir durch, durchschlägt als Schwere meinen Sinn, hoffnungslos. Kübeln Pech leert man mir aus, mein Schwarzes zu verschwärzen, meinen letzten Hoffnungsfunken zu verscherzen. Keiner will mich, niemand liegt daran, keinem gehe ich etwas an. Niemand neigt sich mir zu, sagt mir seinen Wert, sein du bedeutest etwas, mir. Bloß nichtig bin ich, jedem wurst, ein Stück Lakritze bloß für zwischendurch. Kümmerliche Kümmernis, Gemüt, ganz ungemütlich, wenn man denkt, seine Qualen hätten sich erledigt. Doch es brennt. Es ist der Tod mein letzter Kumpel, wie stelle ich ihn an? Nein, ich singe nicht.

Wolf beginnt zu singen.

BILLETEUR Was singt denn der jetzt. Das geht doch nicht.

Arie, WOLF, Rock-Version

[Motto: Die Treue versteht keinen Spaß.]

Per me rispondete, Begl'astri d'amore: Se voi nol sapete, Chi mai lo saprà?	Zu mir respondiere, du Gfrast in der Liebe, sei ehrlich, gestehe, gibst bei dein Trara?
Voi tutte apprendeste Le vie del mio core, Talor che vinceste La mia libertà.	Gibst her das Abtrennteste, s Leben aus der Hand, Freiheit und auch s Horrendeste meiner Liebe dar.

Wolf ab.

Agenor kauert am Boden.

BILLETEUR Keine Angst, der erschießt sich wenn, dann mit einer Leberwurst.

Fanfaren setzen ein, Sire und der Billeteur rufen: Agenor! Dieser springt auf und beginnt gemeinsam mit Tamira und dem Billeteur einen Teppich auszurollen, der hinter Sire gleich wieder eingerollt wird. (Der Teppich ist auf zwei großen Walzen montiert.)

II/11

SIRE *auf seinem Teppich trippelnd:* Was wird hier gebrodelt. Wo bleibt der neue König, wo sein Model? Wo ist Tamira?

TAMIRA Zu Ihren Füßen, Sire.

SIRE Du? Die Prinzessin? *Für sich:* Die ist ja schwarz, eine Creolin. Die muß aus Deutschland kommen.

TAMIRA Ja.

AGENOR *für sich:* Leider. *Laut:* Amintas kann nicht König werden. Er hat Tamiras Vater umgebracht.

Stille.

SIRE Blödsinn, ich selber war's.

AGENOR Ihr? Ich dachte, ich hätte es getan.

SIRE und TAMIRA Du?

Stille.

BILLETEUR Jetzt fragt man sich natürlich, was das wird. Nur Böse unter sich, nur Scheusale beisammen.

TAMIRA Überhaupt nicht wahr. Sire will gebessert sein, gerecht.

BILLETEUR Und Ihr?

TAMIRA Agenor ist ein Eiferer, jedoch ein braver Mensch.

BILLETEUR Was?

TAMIRA Schweig!

BILLETEUR Ja, richtig, Johann Schani Peregrinus Schaweig.

TAMIRA Schweig. Ich liebe ihn.

BILLETEUR Da schau her. Welch unvorhersehbare Wendung nimmt das Stück?

TAMIRA König, höre, wenn du wirklich weise bist, mein Amant, der Agenor, benützen wollte ich ihn, nur um an den Thron zu kommen.

AGENOR Ahso?

TAMIRA Nun aber ist seine Liebe mir so lieb geworden. *Geste.* Er jedoch stellt seine Liebe in den Hintergrund, bloß um nicht an meiner Patina zu kratzen.

SIRE Die Tugend ist ein Abziehbild, ein verkehrsuntauglicher Laster.

TAMIRA Schade, aber mir ist eh ein jeder recht. Geld muß er haben, König muß er sein.

II/12

ELISA *kommt gelaufen:* Ich, ich flehe, König, hör Er mich, die Hilfeschreie und den Herzensbrand, von unehrlichen Umständen benützt, sündhaften Umstandswörtern eingekleidet, die allem Anschein nach, Trampolin auf meinem Renommee nur springen, hör er mich.

SIRE Was ist jetzt das? Was ist jetzt die? Was will sie gar?

ELISA Gerechtigkeit.

SIRE Der Gerechte muß beeiden. Wo war sie, und wer hat Ihr dort zu unrecht Unrecht angetan?

ELISA Er, der König selbst.

SIRE Freche Person, untersteht sie sich, hier delikate Vorwürfe einzubringen. Wie sollten wir denn ein Delikt begangen haben an einer uns völlig ungeläufigen Person?

Elisa Jeden Frieden, jedes Glück habt Ihr mir unerkannt zertrampelt, jede Zukunft ist mir durch euch vergangen, das Treppenhaus meiner Hoffnung, wie hoch wollte ich darin hinaus, Ihr habt es mir zerstiegen, indem Ihr mir Amintas nahmt. Damit zertratet Ihr mein Glück.

Sire Amintas? Seit wann?

Elisa Als Kind hat er mir sein Herz versprochen, seinen Namen. Er pubertierte noch, war er bereits in mich verschossen. Ich allein bin es, der er ist versprochen.

Sire Ja, Amintas vielleicht. Doch der ist nicht hier, ein Schnappschuß scheint sie da zu blenden. *Sich umblickend:* Sieht sie ihn?

Elisa Ich meine Amintas, König von Ibn.

Sire König von Ibn? Das ist ein anderer und Ihr keine Gratis-Frikation mehr schuldig. Der König von Ibn läuft in den tamiranischen Ehehafen, und sie, damit das Wind gemacht ist, damische Person, nimmt ihm keine Prise Salz aus diesem segelhaften Meer.

II/13

Billeteur Mein König, Sire, auch der Tamira – *Tamira will ihm widersprechen, aber er hindert sie* – auch der Tamira ist dieser Thron zuwider, wenn er sie von Agenor separatiert. *Tamira will widersprechen, wird aber vom Billeteur gehindert.*

Sire Sakrament, das wird ja immer schöner.

Amintas Da endlich ist Elisa, der gute Schatten meines

Herzens, scheinbar mit dem Sire schon bekannt. Mein König, Ihr habt ja schon die Referenz, das ist Elisa, meine Leidenschaft, die mir an meiner Seite sitzen wird.

SIRE Er weiß noch nichts, nichts von Tamiras Hand. Hat ihn denn keiner informiert? *Zum Billeteur:* Du?

BILLETEUR Ich nicht.

SIRE Du nicht? Und alles andere stellt sich gegen mich. Wie soll man da gerecht sein? Wir aber, mein Ruhm und ich, haben vorgesorgt, Gelegenheit geschaffen. Es war doch alles ausgemacht. Die Liebe hat sich durchgesetzt, das Gute und das Böse. Wir aber haben die Lösung längst parat, weil niemand disparat sein soll zum Schluß, ändere ich hier den Apparat, den Staat und lasse alle mitregieren. Dich und dich und dich und dich. Jeder bekommt einen Thron, einen Apfel und ein Zepter. Jeder soll hier König sein. Mehr kann ich wirklich nicht mehr tun. Jeder muß jetzt sehen für sich, wie er damit zurechtkommt. Na, ist das ein Beschluß?

BILLETEUR Der macht sich's leicht.

SIRE Du wirst mein neuer Minister, aber kusch.

BILLETEUR Na, wenn das so ist.

Finale

[Motto: Ende gut, alles gut.]

Alle:	Alle:
Viva, viva l'invitto duce,	Vivat, Vivat, Champagner-dusche.
Viva del Cielo il dono	Vivat, den Sire in Bronze,
Più caro al nostro cor.	Gardelackeln marschieren vor.

Elisa, Amintas:
Con fortunati auspici
In questi di più belle
Splendani in ciel le stelle,
Rida più lieto amor.

Elisa, Amintas:
Dieses ausgenommene Glück.
Wo bleibt jetzt die Schwelle,
zu heiraten uns auf der Stelle,
über und ja zu flüstern ins Ohr.

Alle:
Viva del Cielo il dono
Più caro al nostro cor.

Alle:
Vivat, den Sire in Bronze,
Musikkapellen stolzieren vor.

BILLETEUR Moment, Moment, Conclusio. Wo bleibt denn die Moral? Ums Arschlecken hätten wir das Wichtigste vergessen. Den Sinn. Da hat es einmal dem tyrannischen Herrscher gebimmelt, ist Sire die Läuterung geglückt. Na, das ist ja schon etwas. Bei der machtgierigen Tamira ist ebenso wie bei Agenor, dem Ehrgeizling, die Liebe durchgedrungen, diese bischkottenzuzelnde Person. Auch das ist bemerkenswert. Was aus Amintas schließlich wird und aus Elisa, wird sich zeigen. Wird sich zeigen? Moment, so geht es ja gar nicht. Der Schluß kommt noch zu früh, zurück. *Die anderen übertönen ihn.*

Elisa:
Nell'adorati ognora
Qual sia un felice amore
Caro il mio cor saprà.

Elisa:
Nur dich verehr ich, mein Bärli,
nur dir gehört meine Pforte.
Gemeinsam sind wir perfekt.

Amintas:
Se quel tuo cor m'adora,
Cara più dolce ardore
No, che l'amor non dà,

Amintas:
Und ich steh auf dich nur, du Görli,
Schwarzwälderkirsch, mir fehlen die Worte,
süß dich raspeln, du Konfekt.

Sire: questo è per me contenato.	Sire: Gaumenläuten ist alles für mich.
Agenor: Gioia ne provo al cor.	Agenor: Knaben schwingen auf Schaukeln im Chor.
Elisa, Tamira, Amintas, Agenor: No, che ad amore un cor Resistere non sa.	Elisa, Tamira, Amintas, Agenor: Frösche wettern von Liebe im Chor, keiner kann widerstehn.
Elisa: Vaghe luci, mio tesoro. Nel mirati mi conviene Dolcemente sospirar.	Elisa: Wann schaust du in mein Tresor? Nur zu, mein Geliebter, sperr auf, decodiere mich.
Amintas: Cari accenti del mio bene, Nel mirarti mi conviene, Dolcemente sospirar.	Amintas: Jetzt raub ich aus dein Tresor. Kein Schluß, mein Geliebtes, wenn ich ansperr, rettet dich.
Tamira, Sire: Alme liete, alme care, Si godete nell'amar.	Tamira, Sire: Seelenfreude, Seelenmeute, ja, jetzt nascht am Glück.
Elisa, Tamira, Amintas, Agenor: No, che ad amore un cor Resistere non sa.	Elisa, Tamira, Amintas, Agenor: Frösche wettern von Liebe im Chor, keiner kann widerstehn.
Alle: Viva, viva l'invitto duce, etc.	Alle: Vivat, Vivat, Champagner- dusche. Vivat, den Sire in Bronze, Gardelackeln marschieren vor.

Billeteur *am Tisch sitzend, gähnend, es reißt ihn, das Bild, welches ihn schlafend darstellt, klappt ein:* Das Schäferspiel? *Gähnt.* Wer braucht das schon? Jessas. *Horcht.* Jetzt ist's gleich aus. Verdammt. Klatschens schon? Jetzt aber schnell. *Er schleift Sessel, Tisch und Buch gleichzeitig hinaus.*

Glossar österreichischer Dialektwörter

Abort, Klosett
Adabei, Neugieriger, Gaffer, Gesellschaftslöwe, Gesellschaftsreporter
Armutschkerl, armseliger Kerl, Habenichts
Aschanti, Erdnuß, Negerstamm, dunkelhäutiger Mensch
Badewaschl, Bademeister
Bahö, Tumult, Wirrwarr, Durcheinander, Radau
Beuschel, Gericht aus Lunge, Geschlinge, Lungenhaschee
Beuschelreißer, starke Zigarette
Blunzen, Blutwurst
Bracholder, Ohrfeige, Faustschlag, Auswurf, Bronchialschleim
Brodler, Mensch, der zu allem lange braucht
Brunzbuchen, weibliches Genital, Schamhaare
Cisleithanien, Länder der ungarischen Krone in der k. u. k. Monarchie
Döbling, bürgerlicher Wiener Gemeindebezirk
Etepatete, geziert
Flattinger, Hunger
Gach, jäh, rasch
Genierer, Schüchternheit, Scham, Scheu
Girigari, Hin und Her (beim Billard), Penis
Grant, Mißmut, üble Laune
Grantscherben, Griesgram
Grind, Schmutz, Dreck
Grinzing, Heurigengegend in Wien
Gschaftlhuber, Wichtigtuer
Gschistigschasti, Getue, Unfug, Firlefanz
Haftelmacher, Ösenhersteller
Halawachel, Schlingel, Leichtfuß, Tunichtgut
Hatschert, hinkend
Hudeln, hasten
Kalksburg, Trinkerheilanstalt

Kletzenbrot, Früchtebrot
Krampus, Teufel (als Begleiter des Hl. Nikolaus), zänkische Frau
Kriecherl, kleine Pflaumenart
Marmeladinger, Tölpel, Dummkopf, Norddeutscher
Marod, krank, kränklich
Matschgern, murren, schimpfen, unappetitlich essen
Negerant, jemand, der kein Geld hat
Ottakring, Bezirk in Wien
Patschert, ungeschickt, läppisch
Pempern, beischlafen
Pfitschigogerl, mit zwei Kämmen und drei Münzen eine Art Tischfußball spielen, koitieren
Plutzer, Kopf, Unsinn, Tölpel, Fernsehapparat
Preßbaum, Ort vor Wien
Springinkerl, leichtfüßiger Mensch, Springinsfeld
Stad, stumm
Stierln, stöbern, herumstochern
Strizzi, Zuhälter, Strolch, Taugenichts
Suchtler, Süchtiger
Sudern, bitten, betteln, flehen, pausenlos reden
Surm, Töpel, Einfaltspinsel, Provinzler
Thermophor, Wärmflasche
Trampel, dumme Frau, Tölpel
Transleithanien, Länder der österreichischen Krone in der k. u. k. Monarchie
Tschapperl, Kind, ungeschickte, naive, harmlose Person
Wolkerlspeck, Zellulitis
Zniacht, schmächtige Person
Zwirnblader, magere Person

Inhalt